상위그룹 학생들의 공부비법

기억력 100배 휘어잡기

상위그룹 학생들의 공부비법
기억력 100배 위어잡기

개정판 인쇄일 : 2006년 2월 22일
개정판 발행일 : 2006년 2월 25일

지은이 : 타고 아키라
발행인 : 이정재
펴낸이 : 강정구
편집 · 디자인 : YND편집기획
펴낸곳 : 예림미디어 (등록 제 10-1478호)
　　　　　서울 마포구 합정동 373-4 성지 B/D
전 화 : (02) 333-1270 / 팩 스 : (02) 333-1816
E-mail : yl1957@hanmail.net

ISBN : 89-87774-41-4

잘못된 책은 바꾸어 드립니다.
가격은 표지에 명시되어 있습니다.

상위그룹 학생들의 공부비법

기억력 100배 휘어잡기

타고 아키라 지음

예림 미디어

책 머리에

여러분은, 머리의 좋고 나쁨이나 기억력의 좋고 나쁨이 태어날 때부터 결정된다고 비관하고, 공부를 내팽개치고 있지는 않습니까? 그러나 결론부터 말씀드리자면 기억력의 좋고 나쁨은 결코 선천적인 것이 아니므로 전혀 비관할 필요가 없습니다.

이런 말을 하면 '친구가 아무렇지도 않게 암기하는 영어 단어를 나는 아무리 오랫동안 들여다봐도 기억이 안 된다.'는 반론이 반드시 나올 것입니다. 그것이 사람에 따라 기억력에 좋고 나쁨이 있다는 증거라는 것인데, 제 의견을 말씀드리자면 그것 역시 기억력에 좋고 나쁨이 있다는 증거가 되지는 못합니다.

지금 기억력이 나쁘다고 한탄하는 학생 여러분, 여러분들은 외국인이 몇 년이나 걸려도 제대로 배우지 못하는 우리말을 능숙하게 구사하고 있지 않습니까? 혹시 여러분들이 "나는 기억력이 나쁘다"고 믿고 있다면 어떻게 이 어려운 우리말을 이렇게 쉽게 기억할 수 있었을까요?

아마 여러분은 스스로 의식하지 못하는 사이에 극히 합리적이고 과학적인 '기억술'로 우리말을 정복한 것이 틀림없습니다. 그 방법을 발견하고 익숙해지기만 한다면 이제 기억력이 나쁘다고 한탄할 이유가 완전히 없어집니다.

저에게도 괴로운 경험이 있었습니다. 고등학교 시절, 화학 방정식과 수학 공식을 외우지 못해 선생님에게 수도 없이 꾸중을 듣곤했습니다. 결국 내 기억력은 구제 불능이라는 생각에 빠지게 되었고 공부를 포기하려는 마음도 먹게 되었습니다.

그러던 제가 그럭저럭 공부라는 것에 자신을 가지기 시작한 것은 2학년 때쯤, 어떤 참고서 한 권을 보게 되면서부터였습니다. 아마 화학 참고서였던 걸로 생각됩니다. 보통의 참고서들은 펼치자마자 따분하고 골치 아픈 내용부터 눈에 띄게 마련인데, 그 책에는 먼저 기본적인 공부 방법에 관한 저자의 충고가 들어 있었습니다.

"화학 공부는 이해를 중심으로 해야 한다. 기본적인 원리를 확실히 이해하기만 하면 당연히 기억도 쉬워지는 것이 이치다".

서문에는 대강 이런 말이 쓰여 있었습니다. 그 말에 이끌려 책을 읽어나가던 저는 점차 그 책의 포로가 되어갔습니다. 그때까지는 의미도 잘 알지 못한 채 무조건 암기하는 수밖에 없다고 생각했던 화학 방정식이, 자세한 보충 설명과 더불어 명쾌하게 정리되어 있었습니다.

마치 추리 소설을 읽는 기분으로 페이지를 넘기다 보니, 어느새 화학이라는 학문에 대한 저의 사고방식이 근본적으로 바뀌었다는 사실을 느끼게 되었습니다. 이렇게 해서 끔찍하고 징그럽기만 하던 화학 공부가 즐거워지자 그에 따라 다른 과목의 공부도 재미있어지기 시작했습니다.

기억에는 기본적인 법칙이 있습니다. 그 기본 법칙을 충분히 숙지한 후에 책을 펼치면 기억이 견고하게 뿌리를 내릴 뿐만 아니라 공부의 능률이 오르기 때문에 성적도 급속히 상승합니다. 우리는 기억의 메커니즘을 완전히 해명할 수는 없습니다. 생리학에도, 심리학에도 앞으로 풀지 않으면 안 될 분야가 많이 남아 있습니다. 그러나 지금부터 제가 소개하는 기억술을 실천하면 공부의 능률이 두 배에서 열 배까지 오를 것임을 자신합니다.

기억력이 선천적으로 결정된 것이 아니라는 사실을 깨닫기만 하면 여러분도 얼마든지 기억의 명인이 될 수 있습니다.

지은이 티코 아키라

기억력 100배 휘어잡기

차 례

기억력 휘어잡기를
꼭 봐야 하는
4가지 이유

수험생이라면, 입시를 준비하고 있는 학생이라면
이 책을 꼭 봐야 한다.
우리나라보다 입시가 더 치열한 일본열도를
뜨겁게 달구고 있는 화제의 책,
그만한 이유가 분명히 있다.

 같은 노력으로 열 배의 효과를 볼 수 있다.

 짧은 시간에 많은 효과를 볼 수 있다.

 공부 효과가 좋아 잃었던 의욕이 샘솟는다.

 한 번 외운 것은 좀처럼 잊어버리지 않는다.

본문 내용 중 하일라이트만을 모아보았다.

암기 과목의 공부는 기분 전환을 하면서도 할 수 있다.

암기 과목은 시험 직전에 하는 것이 노력을 줄일 수 있다.

한꺼번에 전부 외우려고 하지 말고 나눠서 외우는 것이 좋다.

중요한 것은 공부 시간의 처음과 끝에 배치한다.

열흘 후의 한 시간 복습보다는 아홉 시간 이내의 10분 복습이 효과적이다.

역사상의 인물은 가까운 사람과 연결시키면 빠르고 확실하게 기억된다.

시험 문제를 예상하면서 공부하면 머릿속에 쏙쏙 들어온다.

1장

즐겁게 암기하는 기억법

무슨 공부든 재미있게 해야 능률이 오른다.
여기에 소개하는 기억법은 일상 생활에서
우리가 쉽게 만날 수 있는 손쉬운 방법들이다.
간단한 생활 변화로 놀라운 기억력을 가질 수 있다.

흥미를 가지면 기억력이 좋아진다?

영어 단어가 외워지지 않아 고민하고 있는 학생이 마이클 잭슨이나 마돈나의 노래를 원어로 멋지게 부르는 것은 드문 일이 아닙니다. 흥미와 관심이 있는 일은 일부러 기억하려 하지 않아도 별 어려움 없이 기억할 수 있습니다.

지하철에 흥미를 가진 학생이 지하철 노선의 역 이름을 모두 외우는 것에 비해, 매일 지하철을 이용하는 샐러리맨은 어렴풋하게 밖에 기억하지 못하는 것은, 지하철이나 역 이름에 관심을 갖고 있지 않기 때문입니다. 노인이 되면 기억력이 저하되는 것은 인생에 흥미를 잃었기 때문이라고 말하는 학자들도 있습니다.

기억력을 향상시키기 위해서는 흥미를 불러일으키는 것이 선결과제입니다. 제가 미국에서 견학한 '오픈 스쿨 클래스(open school class)' 라는 초등학교에서는, 학년제를 폐지하고 책상마저 없애 버린 곳이 있었습니다. 그곳에서는 아이들이 스스로 수업 계획을 세워 공부하는 시스템을 도입한 결과, 학생들이 흥미 있는 것을 자기에게 맞는 방법으로 공부하기 시작함으로써 이해력과 동시에 기억력도 급속하게 높아졌다고 합니다. 제 미국 유학 시절, 우리나라에 있을 때는 영어에 흥미를 전혀 느끼지 못하던 아내가 생활상의 필요때문에 랭귀지 스쿨에 다니기 시작하더니 공부에 재미를 느꼈나 봅니다. 그때부터 영어에 흥미를 갖기 시작해서 지금은 능숙하게 영어를 구사할 수 있게 되었습니다.

이처럼 흥미가 기억의 원천입니다. 싫어하는 과목에 흥미를 가지는 것이 어렵다고 하는 학생이 많을 것입니다. 그러나 흥미가 없고, 재미가 없고, 쳐다보기가 싫은 원인은 의외로 단순한 것에 있는 경우가 적지 않습니다.

그럴 때의 치료 방법이 몇 가지 있는데, 그 과목이 특기인 친구의 이야기를 들어보는 것도 한 방법이 될 수 있고, 그 과목을 담당하는 선생님과 상담을 해보는 것도 좋을 것입니다. 이야기를 나누는 중에, 그때까지 자기가 느끼지 못했던 의외의 재미난 매력을 발견하고 그것이 흥미와 연결될 수도 있기 때문입니다.

텔레비전의 퀴즈 프로그램을 보고 수학이나 과학에 흥미를 가져 스스로 백과사전과 책을 읽으며 조사하다 보니 자기도 모르게 암기의 고통을 잊고 그 과목에 자신을 가지게 되었다는 학생도 있습니다. 그러므로 조금이라도 자기가 흥미를 가질 수 있는 부분을 찾아내는 것이 관건입니다.

이렇게 작은 흥미를 느끼면 그것이 식사에서의 애피타이저 같은 역할을 해서 지식욕을 부쩍부쩍 키워줍니다. 사소한 계기로 갖게 된 흥미가 돌파구가 되어 "좋아서 하는 일은 쉽게 숙달 된다"는 격언처럼, 모래가 물을 빨아들이듯이 지식을 흡수하고 기억력을 높여줄 것입니다.

감동을 동반한 기억은 오래 남는다

옛날에 본 영화 중에서, 스토리는 완전히 잊었지만 어떤 한 장면만은 머릿속에 남아 있는 경우가 종종 있습니다. 제 경우에는, 〈스미스 씨 도시에 가다〉라는 미국 영화가 그 예입니다. 스미스라는 청년이 하원의원이 되었다는 정도밖에 기억나지 않는데, 그 중에서 그에 관한 기사를 톱으로 실은 신문을 인쇄하는 윤전기가 엄청난 속도로 회전하면서 신문을 찍어내던 장면은 지금까지도 생생하게 기억됩니다. 윤전기라는 것을 처음 본 놀라움과 감동이 선명한 기억을 만들어 낸 것입니다.

기억 작용은 두뇌의 활동과 깊은 관계가 있습니다. 인간의 대뇌에는 '구뇌(舊腦, 舊皮質)' 가 있는데, 발생학적으로는 구뇌가 먼저 형성되어 수면과 같이 생명 유지에 불가결한 기능과 정서를 분담하고, 신 뇌는 보다 이성적인 의식 활동을 담당합니다. 정서적인 감정을 동반한 기억은 그것이 신뇌를 뚫고 구뇌에까지 들어가 본능적인 부분과 연결되기 때문에 오랫동안 고정되고, 단순한 기억이 사라진 뒤에도 남기 때문에 잘 잊혀지지 않는 것일 수도 있습니다.

마음속으로 깊이 감동하는 것은 그리 자주 있는 일이 아닙니다. 매우 드문 체험이라서 머릿속에 오래 남아 잘 잊혀지지 않는 경우도 있습니다. 비슷한 것이 여러 개 나열되어 있는 중에 이질적인 것이 하나 들어 있으면, 그것이 다른 것들과 분리되어 쉽게 눈에 띄는 것을 심리학에서 '웅리 효과' 라고 부릅니다. 감동은 웅리 효과를 만들어 내고 기억을 도와주는 효과가 있습니다.

이처럼, 기억해야 할 것을 '감동화' 시키는 것은 기억 활동을 즐겁게 하기 위한 기억법의 하나입니다. 수학 문제를 푸는 경우에도, 도형의 아름다움에 취해 그 도형이 빛을 내뿜고 화려한 색으로 장식되어 있는 광경을 상상해 가면서 해답을 구하면, 그 도형의 아름다움에서 느낀 감동과 더불어 난해한 문제 풀이 과정이 오랫동안 기억에 남게 될 것입니다.

ONCE MORE 자기에게 가장 적절한 기억법을 개발하세요. 이것 자체가 암기해야할 대상의 특징과 그 속에 숨은 의미를 관찰하는 것이 되기 때문에 자연히 머릿속에 기억되기 때문입니다.

어떻게 암기할까 궁리하는 것 자체가
기억으로 연결된다

이 책에는 여러 가지 기억법을 소개하고 있지만, 실천에 옮길 때는 여러분 개개인이 이 책의 내용을 참고로 자기에게 가장 적절한 기억법을 개발할 필요가 있습니다.

이렇게 말하면, 그만큼 불필요한 일이 늘어 오히려 비능률적이지 않느냐고 반문하는 사람도 있겠습니다만 절대 그렇지 않습니다.

왜냐하면, 꼭 암기해야 할 것을 앞에 두고 여러 가지 효과 있는 기억법을 궁리해 보는 것 자체가 암기해야 할 대상의 특징과 그 속에 숨은 의미를 관찰하는 것이 되므로, 비록 좋은 기억법을 발견하지 못했다고 하더라도 자연히 머릿속에 강하게 남게 되기 때문입니다.

메모로 충분한 것은 애써 기억할 필요가 없다

모의고사 시간 배정 표, 친구와의 약속, 음악회 스케줄 등은 공부내용과는 직접적인 관계가 없는 것들입니다. 이런 것들은 일부러 기억할 필요 없이 메모해 두는 것만으로 충분 합니다.

인간은 뭔가를 기억하려 할 때 뇌세포를 최대한으로 작동시킴과 동시에 심적 에너지를 충분히 주입해야 합니다. 공부가 끝난 뒤 전신이 노곤한 듯한 피로감에 빠지는 것도 그 때문입니다. 공부와는 관계없는 것들까지 기억하려면 머리도 피곤해질 수밖에 없습니다. 공부와 관계없는 것들은 수첩에 적고, 메모해 두었다는 사실만을 기억하고 그 내용은 잊어버립시다. 이렇게 하면 기억해야 할 분량이 줄어들 뿐만 아니라 그만큼 공부의 의식을 집중시켜 에너지를 쏟을 수 있게 됩니다.

현대는 정보 시대라고 합니다. 수험생 여러분도 정보의 홍수 속에 살고 있습니다. 이 홍수에 휩쓸리지 않기 위해서는, 그 중에서 무엇을 기억하고 무엇을 버릴 것인가를 판단하는 것이 가장 중요합니다. 두뇌라는 '살아 있는 메모'에서, 재생시킬 필요가 없는 정보는 메모로 보충하고 기억에서 제외시키면 여러분의 기억력은 기동성이 높아집니다. 그러므로 항상 수첩이나 작은 노트를 지니고 다닐 필요가 있습니다.

ONCE MORE 감동은 효과를 만들어 내고 기억을 도와주는 효과가 있습니다. 응리 효과란?

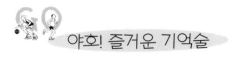

야호! 즐거운 기억술

암기는 5분간의 기분 전환 시간에 안성맞춤인 작업이다.

만원지하철은 특별한 노력 없이도 집중할 수 있는 절호의 장소이다.

야호! 즐거운 기억술

눈을 감고 암기하면 기억이 간단히 머릿속에 정착된다.

정말 필요한 것을 암기하려면, 메모가 충분한 것은 외울 필요가 없다.

이미 알고 있는 사실과 결부된 기억은 확실성이 높아진다

"스웨덴의 개략적인 모습을 그려보라. 남아프리카 공화국은 어떤 모양인가?"라는 질문을 받으면 아마 여러분 중 대다수는 제대로 답하지 못할 것입니다. 이와는 반대로 이탈리아의 모습은 바로 묘사할 수 있을 것입니다. 이탈리아가 장화와 매우 닮았기 때문입니다. 이탈리아 반도의 형태라는 새로운 정보는, 장화라는 기존의 정보와 결합되어 보다 확실한 기억으로 정착됩니다.

기억이라는 것은 뿔뿔이 흩어져서 존재하는 것이 아니라, 건축과 마찬가지로 기초에서부터 쌓아올려지는 것입니다. 어릴 때부터 학습해온 '기초 정보'에 새로운 정보를 잘 접목시키면 그것만으로도 기억이 증진됩니다. 심리학에서는 이것을 '앵커링(Anchoring)'이라고 부르는데, 사실 우리는 평소에도 무의식중에 앵커링을 활용하고 있습니다.

이 앵커링 포인트가 인간의 감각이나 두뇌에 얼마나 중요한 것인가는, 예를 들어 시각의 앵커링 포인트를 상실했을 때 사물을 보는 것이 불안정해진다는 것에서도 잘 알 수 있습니다. 이것을 단적으로 보여주는 것이 심리학 실험의 하나인 '자동운동(自動)'이라는 현상입니다.

실험은 매우 간단해서, 먼저 회중전등에 작은 구멍을 뚫은 검은 종이를 씌우고 그것을 고정시킨 다음, 벽에 비치는 작은 점이 보일 수 있도록 장치합니다. 그리고 나서 완전한 어둠을 눈을 적응시키고 그 작은 빛을 바라봅니다. 그러면 그 점은 고정되어 있는데도 불구하고 점차 움직이는 것 같은 착각을 일으킵니다. 이것은, 빛이 어둠 속에서 다른 물체와 완전히 격리되어 그 점과 시선을 연결해 줄 매개물이 불명확해지고 인간의 감각은 그 점을 시각 속에서 고정시킬 수가 없기 때문입니다.

기억도 이와 마찬가지입니다. 새로운 지식이 이미 알고 있는 지식에 연결되면 이 앵커링 포인트를 통해 기억 속에 고정시킬 수가 있게 되는 것입니다.

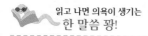
읽고 나면 의욕이 생기는
한 말씀 꽝!

하루의 가치 이상으로 중요시해야 할 것은 아무것도 없다.

-괴테

마음속의 말을 반복하면서 글로 쓰면
보다 확실히 기억할 수 있다

제가 고등학교에 다닐 때의 일입니다. 수학 문제가 도저히 풀리지 않고 해답을 보아도 그 설명이 이해가 안 되는 경우가 있었습니다. 그럴 때는 '혼자 말'을 하면서 그 해법을 중얼거렸습니다. 복도나 거실에서도 그것을 중얼거리고 다니다 보니 가족들이 놀라서, "공부 때문에 머리가 이상해진 게 아닌가?" 하고 걱정하기까지 했습니다. 하지만 저는 그 방법 덕분에 어려운 설명을 완전히 머릿속에 심을 수가 있었습니다. 이렇게 기억한 것들 중에서 아직까지도 잊혀지지 않는 것이 있어 저도 가끔씩 놀라곤 합니다.

말에는, 의식 안에서만 작동하는 '내언(內言)'과 입을 통해 밖으로 표출되는 '외언(外言)'이 있는데, 인간의 정신 발달 과정에서 보자면 외언에 의존하는 것은 정신의 발달 단계가 아직 유치하다는 증거입니다. 어린아이들은 혼자 말을 하면서 노는 모습을 본 적이 있을 것입니다. 어

26

린아이들은 머릿속에 생각하고 노는 모습을 본 적이 있을 것입니다. 어린아이들은 머릿속에 생각하고 있는 것을 곧바로 말로 표현합니다. 그것을 귀로 듣고 그 자극을 받아들여 행동하는 것입니다. 스위스의 아동 심리학자 장 피아제는 이것을 '자기중심적 언어' 라고 이름을 붙였습니다. 어린이들은 이런 방식으로 자기의 세계를 완결시킵니다.

그러나 그 이후, 성장과 더불어 '내언화' 가 진행되고 말을 하면서 생각하는 단계를 넘어섭니다. 머릿속에서 자유롭게 언어를 구사해서 사고할 수 있게 되고, 이 과정에서 정신세계가 외부를 향해 확대되는 것입니다.

이것을 역으로 이용해, 암기해야 할 것이 있을 때 어린 시절로 돌아가 '외언' 을 활용해 보는 것이 좋은 효과를 발휘하기도 합니다. '내언' 은 의식 속을 부드럽게 흘러 다니고 있지만 그것이 반대로 사물에 대한 이해를 방해하는 경우도 있습니다. 그것은 앞에서 말한 저의 경험처럼, 머릿속으로 아무리 반복해도 이해가 안 되는 것은 마음속에 기억을 걸어줄 장치가 없기 때문입니다. 하지만 일단 한 번 '외언화' 시키고 나면 의식의 흐름이 바뀌어 마음속에 계기가 마련되고 기억을 도와줄 준거(準據)가 형성됩니다.

영어 단어나 문장을 암기할 때도 '외언' 은 '내언' 과는 달리 '반향(反響)' 을 갖고 있기 때문에 이것이 자극이 되어 기억을 강화시켜 줍니다. 그런데 전철 안과 같이 사람들로 붐벼 입 밖으로 말을 꺼낼 수 없는 경우도 있을 것입니다. 이럴 때는 말을 하는 것과 같은 기분으로, 책을 소리 내어 읽는 것처럼 마음속으로 단어 하나하나를 의식해 가면서 반복해 보십시오. 같은 효과를 얻을 수 있습니다. 그냥 흘러가 버리기 쉬운 사고의 흐름에 '준거'를 만들어 기억으로 정착시키는 것이 요체입니다.

눈을 감고 암기하면 기억이 쉬워진다

직관력이나 기지와 관계가 깊은 알파 파(뇌파의 일종)는 눈을 감으면 활동이 강해집니다. 이렇게 눈을 감은 상태에서는 기억력이 강화됩니다.

눈을 감으면 외계의 잡다한 시각적 자극이 차단되기 때문에 의식이 내면을 향하게 되어 자유로운 이미지를 만들 수 있습니다. 이렇게 형성된 이미지는 기억을 견고하게 정착시키는 데 효과적입니다. 이 이미지 형성법을 보다 효과적으로 활용하려면, 눈을 감은 채 어두운 눈꺼풀 위에 가상의 스크린을 상정하고 그곳에 암기해야 할 단어의 스펠링을 쓰거나 보고 싶은 사람의 모습을 그려봅시다.

이것은 10~15세의 어린이들에게 자주 나타나는 '직관상(直觀像eidetic imagery)'과 유사합니다. 이것은 비록 실물은 없지만 마치 있는 것처럼 확실히 마음속에 그려지는 상(像)입니다. 예를 들어, "몇 년 몇 월 몇일은 무슨 요일?' 이라는 질문에 즉시 대답하는 어린이가 있습니다. 이것은 기억하고 있던 것이 아니라 직감적인 이미지를 표현한 것입니다. 눈을 감음으로써 이와 유사한 현상을 의도적으로 만들어 낼 수 있습니다.

기억술의 대가들 중에는, 눈을 감고 머릿속이나 눈꺼풀에 뭔가를 새겨 넣는 듯한 제스처를 하는 사람이 많습니다. 이것은 단순한 제스처가 아니라 실제로 기억을 강화하는 수단입니다. 시험장에서도, 평소에 무엇을 기억할 때와 마찬가지로 눈을 감으면 그 동작에 의해 어두운 눈꺼풀 위로 기억되어 있던 내용이 선명하게 떠오르는 경우가 있습니다. 눈을 감으면 정신 집중도 쉬워질 뿐만 아니라, 그것만으로도 기억 촉진의 효과가 있습니다.

ONCE MORE 눈을 감으면 정신 집중만 되는 게 아니에요.
그것만으로도 기억 촉진의 효과가 있다구요.

만원전철이나 버스는 암기에 최적의 장소다

제가 중학교 다닐 때 고등학교 입시를 위해 영어 단어를 암기한 곳은 대부분 만원전철이었습니다. "그렇게 답답한 자세로 뭐가 제대로 기억될 리가 없다"고 생각할지 모르지만 사실은 그와 정반대입니다.

'군중 속의 고독', '폭풍 전의 고요'라는 말처럼, 모르는 사람들의 집단 속에서는 혼자 있을 때보다 오히려 더 큰 고독을 느낍니다. 주위 사람들은 나와 아무 관계도 없을뿐더러 그들의 대화도 나와는 전혀 관련이 없는 것들뿐입니다. 이런 '혼자만의 장소'에 있으면 우리의 관심은 자연히 자기 내부로 향하게 되어 있습니다.

이것은 그 나라 말을 전혀 모른 외국을 여행할 때도 마찬가지입니다. 사람도 언어도 나와는 무관한 외국에서 생각나는 것은 우리나라에 관한 일뿐이라고 말하는 사람들이 많습니다. 이것은 그 사람의 관심이 '즐거운 내 집, 우리나라', 즉 자기의 내면을 향하고 있기 때문입니다.

어쨌든 만원전철 안에서의 고독은 공부에 있어서는 좋은 기회가 됩니다. 특히 영어 단어, 국사 등의 암기 과목은 집중력이 필요하기 때문에 주의를 산만하게 하지 않는 환경을 만드는 것이 중요합니다. 이런 암기 과목은 소설을 읽는 것과는 달라서 자주 페이지를 넘길 필요가 없기 때문에 전철이나 버스야말로 암기에는 최적의 장소입니다.

또 내려야 할 역이 일종의 마감 시간과 같은 역할을 한다는 점도 들 수 있습니다. 내릴 곳이 다가옴에 따라 '앞으로 두 정거장, 이제 한 정거장' 이라는 식으로 목표를 의식하면서 암기를 해가면 집중력이 높아지는 것은 당연합니다.

의욕이 생기지 않을 때는 다음을 위한 준비운동을 한다

우리가 항상 경험하고 있는 것처럼 기억에는 리듬이 있습니다. 얼마 전에 한 수험생으로부터 다음과 같은 말을 들었습니다. 그 수험생의 집은 철도 선로에서 100m정도 떨어진 곳에 있는데 그 학생의 방 창문에서는 선로가 잘 보인다고 합니다. 그곳은 산간 지역 선로라서 열차가 한 시간에 한 대 정도밖에 지나가지 않는다고 합니다.

그 학생은 열차가 지나가는 것을 신호로 시작해서 기억 속도가 차츰 둔해져 마침내 한계라는 생각이 들 때쯤 다른 열차가 지나가기 때문에 이 열차의 통과와 함께 공부를 중단합니다. 그리고 다음 열차가 지나갈 때까지는 공부를 멈추고 무엇을 어떻게 공부할까를 궁리한다고 합니다. 고문의 단어를 품사별로 정리해 표를 만들기도 하고, 형광펜으로 공부할 과목의 순서를 색깔별로 분류하기도 합니다. 이렇게 준비를 하고 있으면 다음 열차가 지나갈 때쯤에는 또 공부에 대한 의욕이 생긴다고 합니다. 그 학생에게 있어서 한 시간 간격으로 지나가는 열차는 두뇌 활동의 리듬을 알려주는 안내자 역할을 하는 것입니다.

이 수험생과 마찬가지로 누구나 공부가 술술 잘 될때와 아무리 해도 의욕이 나지 않을 때가 있습니다. 의욕이 떨어질 때는 아무리 상황이 급박해도 초조해지기만 할 뿐 능률이 전혀 오르지 않습니다. 이와는 반대로 흥이 날 때는 전혀 흔들림 없이 책 속으로 끌려 들어가듯 내용들이 머릿속으로 쏙쏙 들어옵니다.

그러므로 공부에 대한 의욕이 가라앉아 있을 동안은 다음의 '리듬'에 대비한 방법을 연구하거나 공부를 위한 환경 조성에 힘을 쏟는 것이 현명합니다. 그러다가 때가 오면 모든 준비가 갖추어져 있기 때문에 따로 신경 쓸 필요 없이 공부할 과목을 궤도에 올려 즉시 두뇌의 기억 장치로 보낼 수 있는 것입니다.

ONCE MORE 도무지 공부가 안 될 때가 있습니다. 책상에 오래 앉아 있다고 해서 우등생이 되는 건 아니죠. 이럴 땐 다음 리듬에 대비한 방법을 연구하거나 공부를 위한 환경 조성에 힘써보세요.

시작 전에는 책상 위의 불필요한 것들을 치운다

공부에 지쳤을 때 잠시 만화책을 보고 나서 다시 공부로 되돌아가는 기분 전환법은 여러분 모두 잘 알고 있는 방법일 것입니다. 이때 읽다 만 만화책을 책상 위에 방치해 두는 경우가 적지 않은데 이것은 공부에 큰 장애가 됩니다.

기분 전환으로 좋아하는 소설이나 잡지, 만화 등을 읽는 것은 나쁘지 않습니다만 그것이 책상 위에 그대로 놓여져 있으면 공부 도중에도 그쪽으로 손이 가기 쉽습니다.

공부가 잘 안 돼 초조해지면 집중하지 못하고 자꾸만 소심 할 수 있는 경우가 있습니다. 또 환경을 바꾸는 것은 암기한 내용을 나중에 재생해 낼 때도 도움이 되는 경우가 많습니다. 시험장에서, 전에 암기한 내용을 완전히 잊었더라도 어디에서 외웠다는 것을 기억해 내면 그것이 계기가 되어 기억을 더듬어갈 수 있기 때문입니다. 오랫동안 책상 앞에 앉아 벼락치기를 해야 하는 경우에는 환경을 바꾸는 것이 어렵습니다. 소설이나 만화에 눈이 쏠리고 맙니다. 이것이 악순환이 되어 다시 집중력이 약해지고 공부를 방해하는 심각한 원인이 됩니다.

특히 암기를 할 때는 책상 위를 깨끗하게 치워 암기에 필요한 자료 이외에는 눈에 띄지 않도록 해야 합니다. 이렇게 해두면 집중을 방해하는 원인이 없어지기 때문에 암기에 집중하지 않을 수 없고 그에 따라 능률도 오를 수밖에 없습니다.

또 시야가 미치는 범위 내에 유명 연예인의 사진이나 인형 같은 것이 있어도 역시 주의를 산만하게 합니다. 공부방은 가능한 한, 공부에 전념할 수 있는 공간과 잠시 숨을 돌릴 수 있는 공간으로 확실히 구분해 놓는 것이 좋을 것입니다.

이렇게 해두면 동일한 장소를 공부와 휴식의 장(場)으로 모두 활용할 수 있어 기분에 따라 공부와 기분 전환을 겸할 수 있게 됩니다.

ONCE MORE 공부방의 구조를 공부하는 곳, 휴식하는 곳으로 정확히 구분하여 봅시다.

잡음이나 소음도 기억의 단서가 될 수 있다

자기 목소리를 녹음해서 재생시켜 보면, 녹음할 때는 들리지 않았던 여러 가지 소리가 들어 있는 경우를 경험한 적이 있을 것입니다. 자동차 엔진 시동 소리, 개 짖는 소리, 동생들의 목소리 등, 도대체 언제 이런 잡음이 들어갔을까 싶을 정도입니다. 녹음할 때 이런 잡음을 듣지 못하는 것은, 그것이 의식의 배경, 즉 심리학에서 말하는 '땅'이기 때문입니다. 이에 반해 녹음된 내용은 '지도'로서 의식의 표면으로 나타납니다. 이 '땅'과 '지도'는 서로 밀접하게 연결되어 불가분의 관계로 구성되어 있습니다.

뭔가를 기억하려 할 때 머릿속에는 땅과, 지도가 있습니다. 녹음 당시에는 의식되지 않지만 이런저런 주위의 잡음이 두뇌라는 정밀한 컴퓨터에 입력됩니다. 녹음된 테이프에서 개 짖는 소리를 듣는 순간 기억 내용이 출력되는 것, 즉 뭔가를 떠올리게 되는 것은 잡음과 소음이 기억의 '땅' 이기 때문입니다.

　이 메커니즘을 잘 이용하면 그 소음들을 계기로 기억을 재생할 수 있습니다. 실제로 어떤 수험생은 암기할 때 이런 방법을 쓴다고 합니다. 그 학생은 단어장의 각 페이지 우측에 꼭 여백을 남겨둡니다. 암기를 해 나가면서 창 밖에서 자동차가 다가오는 소리가 들리면 즉시 그때 외우고 있던 단어 옆의 여백에, "지금 도로에서 끽 하는 차 소리가 들려 잠시 놀랐다."고 일기 식으로 메모를 합니다.

　" 'treasure' 라는 단어를 외우고 있을 때 골목에서 고양이 소리가 들렸다."는 식의 메모는 따분함을 없애줄 뿐만 아니라 잡음을 훌륭한 기억 보조 매체로 활용할 수 있습니다.

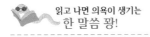

읽고 나면 의욕이 생기는
한 말씀 꽝!

인생을 두려워하지 말라. 인생은 살 가치가 있다고 믿으라. 믿음은 그 사실을 창조하는 데 도움을 줄 것이다.

-윌리엄 제임스

암기 과목의 공부는 기분 전환을 하면서도 가능하다

시간에 대비한 최종 정리 기간처럼 시간 여유가 없을 때는, 남은 시간을 어떻게 효과적으로 사용하는가에 따라 승리하느냐 패배하느냐가 결정됩니다.

공부에 싫증이 생기면 억지로 책상에 앉아 있어도 큰 효과를 기대할 수 없습니다. 이런 때는 기분 전환을 하면서 머리를 식혀야 할 필요가 있지만, 시간에 쫓기기 때문에 운동을 하거나 밖에 놀러 나갈 수도 없는 노릇입니다. 제가 소개하고 싶은 것은, 이럴 때 기분 전환으로 암기 과목을 공부해 보라는 것입니다.

예를 들어 단어장을 보면서 공원을 산책하거나, 평소에 잘 외워지지 않던 내용을 화장실 문에 붙여놓고 샤워를 하면서 외우면 귀중한 시간을 낭비하지 않으면서 기분 전환도 할 수 있습니다.

지하철 안에서 영어 단어를 외울 때는 단 5분 동안이라도 상당한 효과가 있습니다. 단편적인 지식을 받아들이는 기능적인 암기에는 단편적인 시간을 활용하면 충분합니다. 그러므로 산책이나 샤워 등 30분 단위의 기분 전환 시간을 이용해서 암기 과목을 공부하면 큰 효과를 볼 수 있습니다.

하품과 기지개는 기억을 촉진한다

우리나라에서는 사람들 앞에서 하품을 하면 실례라고 눈총을 받습니다. 상대의 말을 지겨워한다는 의사 표시로 받아들이기 때문입니다. 그러나 저는 미국에 있을 때 학자들끼리 중요한 회의를 할 때 미국인 학자들이 쉴 새 없이 하품하는 것을 보았습니다.

관습의 차이도 있겠지만 사실 여기에는 타당한 이유가 있습니다. 그들이 그것을 의식하고 있었는지는 모르겠지만, 하품과 기지개에는 머리를 상쾌하게 해주는 효과가 있습니다. 뇌간망양체(腦幹網樣體)라는 부분이 머리를 무겁게 하거나 맑게 하는 기능을 담당하고 있는데, 하품과 기지개는 근육을 일시적으로 긴장시켜 이 망양체에 적당한 자극을 주어 두뇌의 활동을 활성화시킵니다.

기지개를 켜는 것은 오히려 "머리를 맑게 하고 더 열심히 공부하라."는 육체의 사인이라고 할 수 있습니다. 동물이 잠에서 깰 때 등을 쭉 펴면서 크게 하품을 하는 것도 이와 같은 이유에서입니다.

공부를 할 때도 기억 속도가 둔해지거나 틀리는 문제가 많아지면 크게 하품을 하고 등을 곧게 쭉 펴보십시오.

방안에서라면 아무도 눈총을 줄 일은 없으니까요

클래식 음악을 들어가면서 암기하면
의식의 확산을 방지할 수 있다

항상 음악을 듣지 않으면 외롭게 느껴진다는 학생들이 있습니다. 이런 학생들은 공부를 할 때, 특히 공부한 내용을 머릿속에 확실히 새겨 넣고자 할 때는 곡 선택에 주의가 필요합니다. 다방 같은 곳에서는 손님의 회전을 빠르게 하기 위해 빠른 템포의 음악을 튼다고 하는데, 이렇게 산만한 음악은 집중력을 요하는 암기에는 전혀 어울리지 않습니다.

그렇지만 모든 음악이 다 나쁜 것은 아닙니다. 기억과 기억 사이에는 작은 간격이 있습니다. 즉, 하나를 암기하고 나서 다음 항목을 암기할 때는 잠시 숨을 돌리는 순간이 있습니다. 이 간격을 메우고 주의를 흐트러뜨리지 않으면서 일종의 기분 전환도 하고 머리를 식힐 수 있는 곡이라면 어떤 음악이든 관계없습니다.

특히 클래식 음악은 곡의 변화가 적고 평탄한 느낌을 주기 때문에 이런 경우에 잘 어울리는 음악입니다. 적어도 기억을 억제하는 작용은 없습니다. 반대로 록이나 댄스 뮤직은 주의를 산만하게 하므로 적합하지 않습니다. 발라드 음악은 가사에 정신이 쏠려 그것이 역향억제효과(逆向抑制效果:앞에 기억한 것을 억제해 잊게 하는 것)를 일으키기 쉬우므로 역시 피하는 게 좋습니다.

내용이 머릿속에 들어오지 않을 때는 일단 책상을 벗어나 본다

어떻게 된 일인지 머리가 조금도 정보를 받아들이지 않는다거나 공부할 기분은 되어 있는데 막상 책을 들면 곧 지겨워지는 경우가 가끔 있습니다.

이럴 때는 즉시 책상에서 일어나십시오. 하지만 공부하고 있던 것을 팽개치라는 말은 아닙니다. 제 경우에는 책상을 벗어나서 마당에 나가 의자에 앉아 잔디를 바라봅니다. 짧은 시간일지라도 이렇게 분위기를 전환하면 기분이 상쾌해지고 피곤한 정신에 새롭고 맑은 공기가 들이마셔지는 느낌이 듭니다.

이처럼 막다른 골목에 빠진 것 같은 상태가 되면 환경을 바꾸어 보십시오. 밖에 나가 무작정 버스나 전철을 타는 것도 좋은 방법이 될 수 있습니다. 창 밖의 풍경을 바라보면서 새로운 마음으로 책을 펼치면 환경의 변화에 의해 머리의 피로가 깨끗이 가시고 가벼운 마음으로 책을 대할 수 있는 경우가 있습니다.

　또 환경을 바꾸는 것은 암기한 내용을 나중에 재생해 낼 때도 도움이 되는 경우가 많습니다. 시험장에서, 전에 암기한 내용을 완전히 잊었더라도 어디에서 외웠다는 것을 기억해 내면 그것이 계기가 되어 기억을 더듬어갈 수 있기 때문입니다. 오랫동안 책상 앞에 앉아 벼락치기를 해야 하는 경우에는 환경을 바꾸는 것이 어렵습니다. 이럴 때는 의자의 위치를 바꾼다거나 펜을 바꿔보는 등의 간단한 변화도 기억 용량을 크게 좌우 할 수 있습니다.

ONCE MORE 조그만 환경의 변화로도 머리가 맑아지고 마음이 가뿐해지는 효과를 볼 수 있다는 걸 잊지 마세요.

정신을 산만하게 하는 원인을 기억 촉진 의 수단으로 이용한다

원래 암기라는 행위는 그다지 즐거운 작업은 아닙니다. 두뇌에 여분의 부담을 주기 때문에 뭔가를 암기하려고 하면 자꾸만 더 재미있 는 일이 떠오릅니다. 그래서 정신이 집중되지 않고 기억이 방해를 받게 됩니다. 이럴 때 대부분의 사람들은 그런 잡념을 떨쳐내고 필사적으로 공부에 집중하려 하지만 이것이 또 상당히 어려운 일입니다.

저는 이런 경우, 그런 일에 노력을 쏟기보다는 정신을 산만하게 하 는 원인을 집중의 보조 수단으로 이용해 기억을 촉진시키고 있습니다. 예를 들어, '텔레비전이 보고 싶다, 커피가 마시고 싶다'는 잡념이 떠 오를 때는, 어떤 목표를 달성하면 그 욕망을 '보상'으로 준다고 저 자 신에게 약속을 합니다. 이렇게 하면, 암기를 방해하는 잡념이 암기를 하지 못하면 얻을 수 없는 목표로 변해, 잡념이 기억을 도와주는 다시 없는 수단이 됩니다.

또 이런 잡념에 순번을 매겨놓는 것도 효과를 올릴 수 있습니다. 영어 문장을 열 개 외우면 뜨거운 커피를 한 잔 마시고 15분간 편안이 쉬고, 스무 개를 외우면 샤워를 하고 시원한 음료를 마시면서 30분간 휴식한다. 그리고 서른 개를 외우면 밖에 나가 한 시간 동안산책을 한다. 이렇게 자기 마음속의 잡념을 조금씩 발산하면서 최종 목표에 이르는 것입니다.

어린애 장난같이 유치한 짓이라고 생각할지 모르겠지만 이것은 의외로 효과가 큰 방법입니다. 인간은 눈앞에 작은 목표가 있으면 그것에 집중하지 않을 수 없는 존재이기 때문입니다.

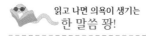
읽고 나면 의욕이 생기는
한 말씀 꽝!

사막이 아름다운 이유는 어딘가에 샘물을 숨기고 있기 때문이다.

-생텍쥐페리

기억은 사용할수록 더욱 명확해진다

수학 강사가 어려운 문제를 멋진 솜씨로 풀고 다시 새로운 문제를 마치 마술사가 비밀의 문을 여는 것처럼 술술 풀어나가는 광경은 대입 학원 같은 곳에서 자주 볼 수 있습니다. 입시 학원 강사들에게는 실례의 말일지 모르지만, 그런 실력은 수학에 대한 지식과 동시에 상당 부분 기억에 의존하고 있는 것이 아닐까 생각됩니다. 매년 수험생을 상대로 똑같은 수준의 문제를 강의하고 있기 때문에 그렇게 될 수밖에 없지 않겠습니까? '이런 문제라면 이런 해법' 이라는 공식이 즉각 머릿속에 떠오르는 게 아닐까요?

항상 신선한 기억을 간직하는 데는, 이처럼 기억하고 있는 내용을 자주 사용하는 것이 필수적인 조건입니다. 기억은 지갑 속의 돈이나 저수지의 물과 달라서 사용하는 만큼 줄어드는 물건이 아닙니다. 뿐만 아니라 쓰면 쓸수록 내용이 자주 체크되고 불완전한 기억은 보강되면서,

필요할 때는 언제라도 꺼낼 수 있는 태세가 갖추어집니다. 그러므로 여러분도 한 번 기억한 지식은 머릿속 창고에 보관만 하고 있을 것이 아니라 기회 있을 때마다 사용해야 합니다. 사용하면 사용할수록 기억은 더 명확해지기 때문입니다.

야호! 즐거운 기억술

❶ 클래식을 배경 음악으로 사용하면 의식
   확산을 방지해 집중이 쉬워진다.

❷ 워크맨 같은 소형녹음기를 사용하면 노력
   하지 않아도 귓속에 기억이 남게 된다.

야호! 즐거운 기억술

❸ 마음속으로 책을 낭독하듯이 여러 번
반복하면 기억이 쉽게 정착된다.

❹ 책상 위에 불필요한 물건들을 두지 않는
것이 집중의 요령이다.

필기량은 적을수록 좋다

대학에서 강의를 할 때 교단에서 보고 있으면 강의 내용을 한 자도 빠뜨리지 않고 받아쓰는 학생이 많이 있습니다. 제가 농담으로 한 말까지 받아씁니다. 열심히 공부하는 것 같지만 사실은 이런 학생일수록 이해도가 낮고 시험 결과가 좋지 않은 경우가 많습니다.

열심히 공부하는 그들의 성격이 왜 나쁜가 하면, 필기 자체가 목적이 되고 있기 때문입니다. 필기란 본래 기억이나 이해의 보조 수단에 지나지 않습니다. 어디에 필기를 했다고 자기 머릿속에 메모해 두는 것이 가장 좋은 방법입니다.

그것이 기억이며 이해력입니다. 노트에 아무리 열심히 지식을 담아 놓아도 머릿속에 남아 있지 않으면 아무 의미가 없습니다. 게다가 상세하게 필기하는 데는 상당한 노력이 필요합니다. 이 노력을 위해 본래의 목적인 기억과 이해가 소홀해지면 본전도 못 건지게 되는 것입니다.

그러나 우리는 노트에 필기를 해두면 그것으로 자기의 지식이 그 만큼 늘었다는 묘한 착각을 하는 경향이 있습니다. 필기는 최소한의 요점에 한정하고, 그 요점으로 기억을 상기하는 작업을 반복함으로써 기억이 명확해지는 것입니다.

암기한 것을 다른 사람에게 설명해 보면 기억은 한층 강화된다

어느 기업에서 인사(人事)를 담당하는 후배가 있습니다. 언젠가 그가 흥미 있게 이야기를 해준 적이 있습니다. 취직 시험에서 필기시험 성적이 좋은 사람 중에는 한결같이 가정교사 아르바이트 경험을 가진 사람이 많았다는 것입니다. 제 생각으로는 가정교사를 하는 학생은 자기 지식을 다른 사람에게 가르치고 있기 때문에 그만큼 알고 있는 내용을 자주 반복할 수 있다는 것이 그 이유가 아닐까 싶습니다.

이렇게 말하면 실례가 아닐지 모르겠지만, 요즘의 대학생들은 공부를 그다지 열심히 하지 않는 편입니다. 입시 생활에 종지부를 찍고 나면, 마치 완전히 다른 사람이 된 것처럼 놀기 시작합니다. 그래서 고교 때까지 힘들게 축적해 둔 지식은 날이 갈수록 희미해지고 맙니다. 그에 반해 가정교사를 하고 있는 학생들은 중학생이나 고등학생을 상대로 1주일에 두 번쯤은 '자기의 과거'로 돌아가야 하기 때문에 그때마다 기억이 자극되고 활성화됩니다. 이런 학생들과, 취직 시험 일자가 다가오면 당황해서 벼락치기 공부를 시작하는 학생들과의 차이는 여기에 있는 게 아닌가 생각됩니다. 한번 죽어 버린 기억을 불러오는 것과 항상 자극을 받아 머릿속에 살아 있는 기억을 되살리는 것이 엄청난 차이가 있음은 당연합니다.

제가 잘 아는 사람 중에 마술계의 일인자가 한 명 있습니다. 저도 마술을 그리 싫어하는 것은 아니기 때문에 자주 기술을 배우곤 했는데 그때마다 감탄한 것은, 수많은 기술을 정말 완벽하게 숙달하고 있다는 점이었습니다. 그의 경우도 역시 '다른 사람에게 가르친다' 는 것이 기억의 강화와 직결되었던 것이라고 할 수 있겠습니다.

다른 사람을 가르치기 위해서는 우선 자기가 이해하는 것이 선결과제인데, 이것은 바로 암기 그 자체와 마찬가지입니다. 또 '가르친다' 는 행위는 '반복한다' 는 것과도 같은 의미입니다. 언제 어떤 것을 질문 받을지 모르기 때문에 그에 대해 항상 마음의 준비를 해 놓지 않으면 안 됩니다.

이렇게 다른 사람을 가르치다 보면, 잊은 것이 있을 때는 다시 찾아보고 한 번 더 기억하지 않을 수 없기 때문에 기억은 더욱 강화되고 머릿속에 강하게 정착하게 됩니다. 남을 가르치는 것은, 자기 머릿속의 지식을 정리하고 이해도를 높이며 복습도 할 수 있는 일석삼조의 효과가 있습니다.

ONCE MORE *남을 가르치는 것은, 자기 머릿속의 지식을 정리하고 이해도를 높이며 복습도 할 수 있는 일석 삼조의 효과가 있습니다.*

숫자는 문자로 치환하면 외우기 쉬워진다

1968년 봄, 미국의 할리우드에서 기억술 대회가 열렸을 때, 아흔 여섯 살이나 되는 노인이 관객들로부터 세 자리 숫자 오십 개를 5~10 초 간격으로 들은 후 그것을 순서대로 틀리지 않고 완벽하게 기억해 내는 묘기를 보인 적이 있습니다. 게다가 그는 "몇 번째 숫자가 무엇이냐?"는 질문에도 즉석에서 그 숫자를 대답하는 것이었습니다.

도대체 어떤 방법으로 이런 경이의 기억이 가능했던 것일까요? 그비밀은 각 숫자를 로마자로 치환시켜 암기하는 방법에 있었습니다. 예를 들어 546이라면 5=H, 4=R, 6=S로 치환시켜 그 HRS사이에 모음을 넣어 'horse' 라고 기억하는 것입니다. 그리고 순서를 암기하기 위해서는 '준거(準據) 단어' 라는 것을 이용했습니다. 가령 546이라는 숫자가 세 번째라고 하면, 'three' 와 발음이 비슷한 'tree' 를 준거 단어로 해서 앞의 'horse' 와 결부시킨 후, 말이 뒷발로 나무를 차는 이미지를 상상

합니다. 그런 뒤 세 번째 단어를 기억해 내면, "3은 three, three는 tree, 나무가 말을 차고 있다. 말은 HRS, 즉 546이다."라는 답이 나오게 됩니다. 이 '준거 단어' 시스템은 어떤 나라의 특산물을 일괄해서 외우거나, 어떤 원료에서 생산되는 제품의 그룹을 일괄해서 외울 때 이용하면 효과를 볼 수 있습니다.

순서대로 외우고 싶을 때는
몸의 각 부분과 결부시킨다

역사, 사회, 지리처럼 나열적인 지식이 많은 과목들을 암기하는 것은, 그 지식들 자체가 매우 유사하기 때문에 상당히 애를 먹게 마련입니다. 이럴 때는, 자기 몸의 명칭은 언제 어디서나 기억해 낼 수 있기 때문에 머리, 이마, 눈, 코, 입, 턱, 목, 가슴, 배꼽, 발 등의 각각의 사항을 잘 결부시키면, 암기된 내용을 기억해 내는 좋은 실마리가 될 수 있습니다.

예를 들어 정부 조직을 외운다고 하면 '정부의 머리는 대통령, 이마는 행정부의 수반인 국무총리, 눈은 밖을 보는 창인 외무부 장관, 귓불이 큰 부자 재무부 장관' 등으로 대치시킬 수 있습니다.

전철 안에서 암기할 때는 한 구간마다
창밖의 경치로 눈을 돌린다

두 *가지* 일이 시간적으로 근접해서 일어나면 그것이 머릿속에서 '쌍' 을 이루고 그것이 쌍의 형태로 기억되는 경우가 있습니다. 이렇게 기억된 것은, 쌍의 한쪽을 발견하면 다른 한쪽은 저절로 재생됩니다. 이것이 기억술 원리의 하나인 '쌍연합' 입니다. 이 '쌍연합' 의 원리를 일상생활에 응용해서 나름대로 성과를 올릴 수 있는 방법을 소개해 보겠습니다.

전철을 타고 영어 단어를 외운다고 합시다. 이럴 때는 한 구간마다 창 밖의 경치에 눈을 돌리도록 하십시오. 그러면 외우려는 내용과 그 순간의 경치가 '쌍' 이 되고, 나중에 재생 할 때는 경치가 단서가 되어 쌍의 다른 짝을 쉽게 기억해 낼 수 있게 됩니다. 무엇이라도 좋으니 그 순간 눈에 보인 것을 암기 내용과 함께 머릿속에 각인시켜 두면 됩니다. 한 기억과 다른 기억 사이에 창 밖으로 눈을 돌리는 것은 아주 짧은 시간이라도 기분 전환의 효과가 있습니다. 또 기억과 기억 사이에 휴지 시간을 가질 수 있기 때문에, 앞 기억과 뒤 기억이 겹쳐 양쪽 모두 불명확해지는 것을 방지할 수도 있습니다.

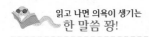
읽고 나면 의욕이 생기는
한 말씀 꽝!

우리가 찬양하는 것은 가난이 아니라 가난해도 천해지지 않고 굴복하지 않는 인간이다.

-세네카

암기과목은 시험 직전에 하는 것이
노력을 줄일 수 있다

암기에는 기계적인 암기와 논리적인 암기가 있습니다. 화학의 원자 번호나 영어 단어는 기계적으로 외울 수밖에 없고, 역사의 흐름이나 수학 문제의 해법은 논리적으로 이해해야 하기 때문에 기계적인 암기로는 불가능합니다.

논리적인 암기는 그것을 이해하기까지는 시간이 걸리지만, 한번 기억하고 나면 쉽게 잊혀지지 않습니다. 반대로 기계적인 암기는 쉽게 머리에 들어오지만 빨리 잊혀집니다.

이런 기계적인 암기 과목을 확실하게 소화하는 데는 엄청난 노력이 필요합니다. 이 노력을 최소한으로 줄이기 위해서는, 기계적인 암기 과목을 시험 직전까지 미루어 두는 게 좋습니다. 이것은 기억의 시간의 흐름과 비례해서 희미해지기 때문입니다. 기억 내용을 한달동안 보관하는 데는 상당한 노력이 필요합니다. 하지만 일주일이라면 몇 번만 반복하는 것으로 충분한 것입니다.

시험 당일 그 내용을 암기하고 있는가 아닌가가 성패를 좌우합니다. 기계적인 암기는 잊혀지기 쉽기 때문에 가능한 한 시험 직전까지 미루어 두는 것이 현명합니다.

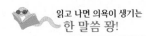
읽고 나면 의욕이 생기는
한 말씀 꽝!

쉬운 일은 어려운 것처럼 시도하고 어려운 일은 쉬운 것처럼 하라.

-발타자르 그라시안

친구와의 대화를 통해 암기한 것을
확인함으로써 기억이 강화된다

역사를 공부할 때 위인의 전기를 읽으면, 단편적이고 추상적이어서 모호해지기 쉬운 기억이 보다 생생하고 확실해집니다. 친구와의 대화에 지식과 정보를 교환하는 것도 이와 마찬가지의 효과가 있습니다. 아직 확실히 뿌리를 내리지 못한 기억, 자신이 없는 기억이 그것을 통해 보다 확실해지고 뇌세포에 정착되기 때문이다.

우리의 기억은 그것을 획득한 시점에서는 아직 매우 주관적인 상태입니다. 자기가 골라서 막 사온 양복처럼 아직 제3자의 평가를 받지 않았기 때문입니다. 이럴 때는 자칫하면 자기가 알고 있는 것이 옳다고 착각하는 것에 지나지 않는 경우도 있습니다. 게다가 정말로 그 지식이 자기의 것이 되었는지 스스로도 불안한 점이 있어서, 그것이 기억의 불확실성으로 연결됩니다. 엉뚱한 것을 외우고 있다면 아무 소용이 없기 때문입니다.

지식을 얻어 기억을 증진시키는 것이 공부입니다. 그것은 매우 고독

한 혼자만의 작업입니다. 그런데 요즘 학생들은 그렇게 획득한 지식이나 기억을 실제로 사용하는 경우가 적은 것 같습니다. 이래서는 애써 얻은 지식도 온실에서만 자란 식물처럼 약해서, 다른 기억이 머릿속에 들어오면 쉽게 사라져 버려 뿌리도 내리기 전에 죽고 맙니다.

이렇게 되지 않기 위해서는, 마음이 통하는 친구들과 대화를 하면서 외운 지 얼마 안 되는 지식을 서로 교환하는 것이 효과적인 방법이 될 수 있습니다. 다소 애매모호한 지식도 좋고 자신 있는 지식도 좋습니다. 친구와 가벼운 마음으로 서로의 지식을 확인해 봅니다.

"너 6 · 29사건이 뭔지 아니?"

"6 · 29는 5공화국 정권의 독재에 대항해 학생과 야당, 일반 시민들이 합심해서 일으킨 시민운동이야."

"6 · 29로 인해서 어떤 정치적 변화가 있었지?"

"5공화국 정권 내에서 노태우 의원이 6 · 29 선언을 발표하고 민주화를 위한 중요한 첫발을 내딛었어."

주제는 무엇이라도 상관없습니다. 공부 중간 중간에 이런 식으로 서로의 지식을 확인해 보십시오.

같은 대상을 공부하면서도 사람마다 각각 이해하는 방법이 다릅니다. 여러분이 어렴풋하게 알고 있는 것을 친구는 정확하게 알고 있거나 또 그 반대의 경우일 수도 있습니다. 이런 대화법을 통해 서로 자기의 약점을 보완할 수 있고, 이미 알고 있는 것도 일단 입 밖으로 말이 되어 나오면 더 체계적으로 정리할 수도 있습니다. "기억이란 사용하면 사용할수록 더 명확해진다."는 대원칙과 더불어, 친구와의 대화는 여러분의 기억 정착에 반드시 일역을 담당할 것입니다.

절대 잊지 말아야 할 것은
녹음해서 여러 번 듣는다

음악은 *머리에* 다양한 연상 작용을 일으킵니다. 예를 들어 베토벤의 〈전원 교향곡〉을 들으면 폭풍이 고요를 뒤흔드는 장면이 떠오르고, 〈월광〉을 들으면 밝은 달빛의 이미지가 떠오릅니다. 이처럼 음악에는 시각적인 이미지를 연상시키는 효과가 있습니다. 이것은 우리의 청각이 시각과 연결되어 있어서, 한쪽이 자극을 받으면 다른 한쪽에 영향을 주는 시스템이 두뇌 속에 있기 때문입니다.

이렇게 시각과 청각 사이에는 상호 작용이 있기 때문에, 시각만이 아니라 청각도 이용하면 공부의 효율을 더 높일 수 있습니다. 인간의 머릿속에 있는 기억의 흔적은 반복됨으로써 더욱 명확해집니다. 여기에는 항상 같은 방법을 사용해야 할 필요는 없습니다. 시각적인 공부가 뭔가를 암기했으면 다음에는 청각으로 그 기억의 흔적을 보다 강화하는 것이 효율적입니다. 이질적인 자극을 받으면 기억의 흔적은 강화되기 때문입니다. 이 청각 학습에는, 워크 맨 등을 이용해 등하굣 때 자기가 녹음한 목소리를 반복해서 듣는 것이 좋은 방법이 될 수 있습니다.

이런 지혜를 통해 짧은 자투리 시간도 활용한다면, 도무지 외워지지 않는 것도 청각을 이용함으로써 암기할 수 있다는 것을 명심하십시오.

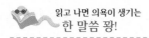
읽고 나면 의욕이 생기는
한 말씀 꽝!

- -

지식이 없는 성실성은 연약하고 쓸모가 없으며 성실성이 없는 지식은 위험하고 두렵다.

-새뮤얼 존슨

2장

빨리 암기하는 기억법

암기하는 속도 역시 매우 중요하다.
현대는 정보의 홍수시대,
암기해야 할 것, 기억해야 할 것들이
날마다 쏟아져 나온다.
암기력에 속도를 붙이자.

26

이해가 암기의 지름길이다

'*잊어버렸다*'고 말할 때는, 사실은 잊어버린 것이 아니라 그것이 '완전히 이해되지 않은' 경우가 의외로 많습니다. 이럴 경우 대부분의 사람들이 "나는 기억력이 나쁜가?" 하고 생각하는 경우가 많습니다만, 실은 정확하게 이해하지 못했기 때문에 원래부터 제대로 기억되지 않은 경우가 적지 않습니다. 정확하게 이해하면 그것이 즉시 기억력 증진과 연결된다는 것은 부동의 대원칙입니다.

예를 들어, 스토우 부인의 《톰 아저씨의 오두막(Uncle Tom's Cabin)》이 미국 남북 전쟁 후에 출판되었는지 이전에 출판되었는지 잊어버렸다고 태연스럽게 말하는 수험생이 있다고 합시다. 이것은 잊은 것이 아니고 처음부터 기억되지 않은 것입니다. 이 소설이 흑인 노예 문제를 여론으로 비등시키는 계기를 만들어 남북 전쟁 발발의 한 원인이 되었다는 '역사의 흐름'을 이해한다면 잊어버리는 사태는 막을 수 있을 것입니다. 그런 사실을 생각하지 않고 남북 전쟁과 그 책을 개별적인 지식으로 단편적으로 기억하고 있었기 때문에 이런 비참한 결과가 초래된 것입니다. 수학이나 물리의 공식에도 같은 이치가 적용됩니다. 피타고라스의 정리를 스스로 증명할 수 있는 수준으로 이해하고 있으면 설령 그 공식을 잠시 잊는다고 해도 조금도 걱정할 필요가 없습니다.

바세트라는 심리학자가, 이해가 기억을 강화시켜 준다는 점을 증명하기 위해 역사학과의 학생들에게 실험을 한 적이 있습니다. 그 결과 수업에서 역사적인 사실의 의미를 잘 이해하는 학생은, 단순히 사실만을 암기하고 이해력이 낮은 학생보다 훨씬 기억력이 뛰어나다는 사실이 증명되었습니다. 이것은 이해를 하고 있으면 그만큼 오래 기억할 수 있다는 것을 말해줍니다.

"나는 날 때부터 기억력이 나쁘다."고 체념하기 전에 다시 한번 자기가 정확하게 이해하고 있는지 그렇지 못한지를 체크해 보고 그 대상을 이해하려는 노력을 계속하는 것이, 얼핏 돌아가는 길로 보일지 모르지만, 사실은 기억력을 높이는 가장 빠른 지름길입니다.

ONCE MORE 대상을 이해하려는 노력을 계속하는 것이, 얼핏 돌아가는 길로 보일지 모르지만, 사실은 기억력을 높이는 가장 빠른 지름길입니다.

외워야겠다는 의지가 없으면 기억력은
조금도 나아지지 않는다

제가 대학에서 학생들을 가르치던 당시 가장 힘든 것은 학생들의 이름을 기억하는 일이었습니다. 일반교양 과정 학생들 중 한 명이 시일이 흐른 뒤, "선생님, 저는 심리학 수업 때 항상 창가에 앉아 있던 학생인데요." 하고 인사를 해와도 전혀 기억이 나지 않아 그 학생을 무안하게 만든 적이 있었습니다. 그런데 고학년 세미나에 들어오는 학생들의 이름만큼은 아무 어려움 없이 다 외울 수 있었습니다.

그 이유는, 세미나의 경우에 저 자신이 "꼭 외우지 않으면 안 된다."고 다짐하고 학생들의 이름을 외우기 위해 열심히 노력했기 때문일 것입니다. 의도(意圖)라는 것은 어떤 목표를 향한 심적 긴장상태라고 할 수 있겠습니다. 긴장감에 의해 보강됨으로써 비로소 기억이 촉진될 수 있습니다.

미국에서 베스트셀러를 기록했던 《메모리 업(Memory Up)》이라는 책의 공저자 중의 한 사람인 할리 로레인은, 어릴 때 학교 시험이 있을 때마다 배가 아프곤해서, "뭔가 대책을 세우지 않으면 곤란하다."고 생각한 것이 기억술에 흥미를 가진 계기가 되었다고 합니다. 외워야 할 대상을 막연히 외울 것이 아니라, '이걸 외우지 못하면' 하는 마음가짐으로 덤벼드는 것이 빨리 기억하기 위한 제일보입니다.

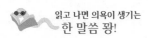 읽고 나면 의욕이 생기는
한 말씀 꽝!

젊은이들은 인생의 과잉에서 인생을 낭비하며 노인들은 여생이 별로 없다는 것에 집착하여 남아 있는 것조차 즐길 수 없다.

-윌리엄 해즐릿

일보 후퇴, 이보 전진 작전으로 빠르고 정확한 기억을

기억을 명확하게 하기 위해서 반복이 필요하다는 것은 말할 필요도 없습니다. 하지만 그렇다고 해서 반복에 너무 많은 시간과 노력을 들이면 진도가 나가지 않습니다. 가능한 한 빠른 속도로 진도를 나가면서도 기억을 풍부하게 할 수 있는 방법은 없을까요? 수험생들로부터 이런 질문을 자주 받습니다. 저는 이럴 때 한 가지 방법, 즉 후퇴하면서 전진하는 '점진 반복법' 을 권하고 싶습니다.

이 방법에서는 기억해야 할 대상을 먼저 세 부분으로 나눕니다. 첫 번째 부분이 끝나면 즉시 두 번째로 넘어갑니다. 두 번째가 끝난 단계에서는 바로 세 번째로 가지 않고, 처음으로 되돌아가 첫 번째 부분과 두 번째 부분을 함께 반복한 다음 진도를 나갑니다. 물론 세 번째 부분이 끝나면 전부를 다시 한 번 점검해 기억을 강화합니다. 이것이 '점진 반복법' 의 특징입니다.

이 방법으로 암기하면 시간의 경과에 의해 자연적으로 일어나는 기억의 탈락 현상을 방지하고 부담 없이 전진할 수 있습니다. 또 완전히 반복함으로써, 앞으로 해야 할 어려운 부분을 이미 알고 있는 것과 결부시켜 기억 촉진제로 활용할 수도 있기 때문에, 전체가 하나의 체계로 되어 있는 대상을 이해하고 기억하는 데 적절한 기억법입니다.

한꺼번에 전부 외우려고 하지 말고
나눠서 외우자

영어 장문 독해 문제를 풀 때는 먼저 단락을 나누는 것이 좋다는 말은 어느 참고서에서나 볼 수 있습니다. 이것은 기억의 원리에서 보아도 상당히 이치에 맞는 말입니다. 각 단락의 의미와 내용을 파악한 후에 전체를 연결하면, 한꺼번에 읽어 내려가는 것보다 훨씬 능률적으로 전체 내용을 이해할 수 있습니다. 그 이유는, 사람이 한꺼번에 기억할 수 있는 용량에는 한계가 있어서, 그 한도까지를 한 단락으로 나누어 외우면 두뇌에 불필요한 부담을 주지 않고 기억할 수 있기 때문입니다.

밀러라는 심리학자는, 평균적인 기억력의 소유자가 한번에 기억할 수 있는 한도는 숫자나 단어 일곱 개 내외라는 것을 실험을 통해 확인한 바 있습니다. 그리고 일곱 개를 'magical munber seven'이라고 부르고 있습니다.

밀러에 의하면 숫자로는 '3, 9, 2, 5, 4, 2, 1' 같은 한 자리 숫자 일곱 개나, '25, 15, 11, 19, 43, 25, 30' 같은 두 자리 숫자 일곱 개나 기억에 있어서는 같은 의미를 지닌다고 합니다. 물론 실제로는 한 자리 수와 두 자리 수중에서 한 자리 수가 기억하기 쉬운 것은 사실입니다. 어쨌든 중용한 것은 밀러라는 학자에 의해 1회 기억 량의 개략적인 수치가 발견되었다는 점입니다.

밀러처럼 꼭 일곱 개가 아니더라도, 영어 단어, 고문 단어 등을 외울 때, 한번에 너무 많은 것을 외우려 하기보다는 몇 개의 부분으로 나누어 한 묶음씩 암기하는 편이 훨씬 능률적이고 빨리 기억할 수 있는 방법입니다. 사회 계열의 과목을 암기하는 경우에도 각 항목의 요점을 적당히 요약해서 암기하는 것이 좋습니다. 이렇게 하면 전체의 구조를 쉽게 파악할 수 있기 때문입니다.

학교 수업이나 학원의 강의 시간에 필기를 하는 경우에도, 마구 쓰는 것보다는 수업 내용을 분할해서 정리하는 편이 기억에 훨씬 도움이 됩니다.

이것을 심리학적으로 증명하는 사례 중에, 미 해군 인사관리연구소가 180명의 대학생을 대상으로 필기 방법과 암기의 관계를 조사한 것이 있습니다. 피험자들은 테이프에 녹음된 같은 내용의 강의를 듣습니다. A그룹은 강의 내내 계속 필기를 하도록, B그룹은 강의 도중에 잠시 시간을 주고 그 사이에 필기를 하도록, C그룹은 전혀 필기를 하지 않도록 지시했습니다. 나중에 강의 내용의 기억율을 조사해 본 결과, A그룹과 C그룹은 모두 내용의 37%를 기억해 낸 반면, B그룹은 58%를 기억했습니다. 이것은, 강의 내용을 몇 개의 구획으로 나누어 필기하면 그 구획별로 기억할 수 있기 때문에 전체의 논리를 구조적으로 파악할 수 있기 때문이라고 해석됩니다. 여러분도 자신의 필기 방법을 한 번 점검해 보는 것이 어떻겠습니까?

ONCE MORE 공부의 시작과 끝에 중요한 것을 외워보면 기억의 스피드와 정확도에서 명백한 차이를 발견할 수 있습니다.

자기의 취미나 관심사와 결부시키면
기억율을 높일 수 있다

이상하게도 우리는 자기가 좋아하는 일에 대한 것은 아무 어려움 없이 기억할 수 있습니다. 제가 아는 한 사람은 숫자에는 무척 약하면서도 야구를 좋아해서 타격 10걸의 이름, 타율에서부터 각 팀의 순위, 게임차, 홈런, 도루 등은 희한하게도 줄줄 외우고 다닙니다.

이런 원리를 이용해서 자기의 관심사나 취미에 암기해야 할 것을 결부시키는 기억법이 있습니다.

이것은 빨리 암기하는 기억법으로서 특히 효과적입니다. 먼저 암기해야 할 내용을 정리해서 그것에 임시 제목을 붙입니다. 이때 가능하면 자기가 흥미로워하는 대상, 예를 들면 영화나 소설 등의 제목을 붙이는 것이 좋습니다.

특히, 어쩔 수 없이 밤샘 공부를 해야 할 때는 빨리 암기해야 함과 동시에 빨리 암기함으로써 부수적으로 일어나는 장애, 즉 기억이 겹치는 위험을 방지할 필요가 있습니다. 힘들여서 겨우 암기한 것이 막상 시험장에서 뭐가 뭔지 명확하게 기억나지 않으면 모처럼의 노력도 수포로 돌아가고 맙니다.

이런 위험을 방지하기 위해서라도 자기의 취미나 관심사를 암기대상과 하나씩 연결시키면, 마치 인형과 손가락이 여러 가닥의 실에 의해 연결되어 인형의 각 부분이 균형 있게 움직이는 것처럼, 기억의 실이 얽히지 않고 부드럽게 조종되면서 기억이 튀어나오게 됩니다.

참된 한가함은 우리가 좋아하는 것을 하는 자유이지 아무것도 안 하는 것을 의미하는 것이 아니다.

-버나드 쇼

중요한 것은 공부 시간의 처음과 끝에 배치한다

강연을 할 때 가장 괴로운 것은 어떤 구성으로 이야기를 진행할 것인가 하는 점입니다. 저는 꼭 하고 싶은 얘기는 강연의 처음과 끝에 배정하고 중간 부분은 가능한 한 부드럽게 이끌어가는 것에 포인트를 두고 있습니다. 그것은, 몇 번인가의 강연에서 청중들이 제 이야기의 내용 중 무엇을 기억하는가를 경험을 통해 알게 되었기 때문입니다. 대부분의 사람들은 강연의 중간 부분은 거의 기억하지 못하는데 서론과 결론은 확실히 마음에 새겨듣는 것 같았습니다. 강연이 끝난 후의 질문도 거의 그 두 부분에 집중되어 있었습니다.

기억의 경우도 이와 마찬가지라고 할 수 있습니다. 공부 시간 끝부분에 들은 선생님의 설명은 기억이 잘 되는데, 가운데 부분은 까맣게 잊어버리는 일이 종종 있습니다. 단어장을 만들어 영어 단어를 암기하는 경우 A, B 근처는 잘 외워지면서도 M, N 정도만 가면 흐지부지해지다가, W근처에서 처음의 컨디션을 찾아 Y, Z에 이르면 다시 기억력이 선명해지는 일은 누구나 경험해 보았을 것입니다.

호를랜드라는 미국의 심리학자는, 12개의 단어를 병렬시켜 놓고 어느 위치에 있는 단어가 가장 많이 틀리는지 조사하는 실험을 한 적이 있습니다. 그 결과에 따르면, 거의 틀리지 않는 것이 첫 번째 단어이고 그 이후부터는 점점 많이 틀리기 시작해 일곱 , 여덟 번째에서 정점에 달하고, 그 이후부터는 틀리는 비율이 급격히 낮아져 마지막 단어는 두 번째 단어 다음으로 틀리는 경우가 적었다고 합니다. 그는 이것을 '기억의 병렬 위치' 라고 부르고 있습니다.

어떻게 해서 이런 결과가 생기는지 그 이유를 설명하자면, 심리학에서는 기억의 흔적이 서로를 억제하고 있기 때문이라고 보고 있습니다. 먼저 앞에 암기한 내용의 흔적이 뒤의 것을 억제하는 '순방향억제' 가 있습니다. 그리고 뒤에서 반대 방향으로 앞 기억의 흔적을 억제하는 '역방향억제' 도 있어서, 이 두 가지 억제 경향이 기억 내용을 지워 버리는 것입니다. 그런데 제일 먼저 기억한 것은 순방향억제는 받지만 역방향억제에는 해당되지 않습니다. 가운데 위치한 것들은 이중의 억제를 받아 기억이 또렷하지 못한 데 비해, 처음과 끝에 암기한 것들이 선명하게 기억되는 것은, 기억의 이런 메커니즘 때문입니다.

암기해야 할 많은 항목들 중에 특히 빨리 암기해야 할 중요한 것들에 이 원리를 적용하면 좋습니다. 수학 공식은 그것을 이해하지 못하면 진도를 나갈 수가 없습니다. 이런 것들은 공부의 시작과 끝에 배치하도록 하십시오. 기억의 스피드와 정확도에서 명백한 차이를 발견할 수 있을 것입니다.

반복이 기억 정착의 지름길이다

철저하게 암기한 것은 대충대충 암기한 것보다 오래, 그리고 선명하게 기억되는 법입니다. 시험에 나올 것 같지 않은 부분이나 쉬운 부분은 대충 흘려버리기 쉬운데, 실제 시험에서 미스를 범하는 것은 대개 이 부분입니다. "이제 다 했다, 이건 간단하게 외울 수 있어." 하는 안도감이 사실은 더 위험합니다.

이런 미스를 범하지 않기 위해서는 한 번 암기한 것을 몇 번이고 반복하는 '과잉학습'이 필요합니다. 여러 번 반복한다는 것은 고통스러울 것 같지만, 습관화되면 당연하다는 느낌이 들고 기억 패턴이 형성되어 빠르고 손쉽게 암기할 수 있습니다.

골프나 야구 등의 스포츠에서도 이 '과잉학습'은 대단히 중요시 되고 있습니다. 쉬운 것, 기본적인 것을 쉼 없이 반복하는 것이 다른 어떤 연습보다 더 중요합니다. 그래서 야구에서는 정확한 자세로 방망이를 휘두르는 연습이 실력 향상을 위한 최고의 비결이라고 합니다.

이런 것들을 소홀히 하면 실제 경기에서 삼진을 당하거나 어이없는 실수를 범하고 맙니다. 공부에서 가장 위험한 것도 기본을 소홀히 하고 "이제 이 정도면" 하고 안심해 버리는 것 입니다. '과잉 학습'의 원리는, 암기한 뒤에도 여러 번 반복해서 기억을 강화한다는 것에 특징이 있습니다. '과잉'이라고 하면 불필요한 것을 의미하는듯해서 '빨리 암기하는 기억방법'과는 전혀 인연이 없다고 생각하기 쉽지만 사실은 이것이 가장 빠른 지름길입니다.

문제는, '과잉 학습'에서 최저 몇 번 반복하면 시간을 낭비하지 않고 부담을 느끼지 않을 수 있는가 하는 점입니다. 저는 공부 방법에 대해 상담을 의뢰해 오는 수험생들에게, '최소한 세 번은 반복'하는 습관을 들이기를 권합니다. 이 세 번에는 심리학적인 근거는 없지만 저의 체험과 많은 수험생들에 대한 조사 결과로 볼 때, 기억을 정착시키는 데 필요한 반복 횟수의 기준은 세 번 정도라고 생각 됩니다.

아무리 간단한 것이라도 최소한 세 번은 반복해야 합니다. 이렇게 하면 지금까지는 다섯 번, 여섯 번씩 반복해도 머릿속에 들어오지 않던 것들이 신기하게도 세 번 만에 쉽게 기억됩니다. 아마 세 번 반복하면 외울 수 있다는 것이 일종의 자기 암시 역할을 함으로써 기억에 좋은 영향을 미치는 것이 아닐까 생각됩니다.

이 단계에 다다르면 '과잉 학습'이 여분의 부담이 되지 않을 뿐만 아니라 공부의 능률을 높여주기도 합니다. 세 번 반복이 습관이 되면, 과목에 따른 기억의 편차도 줄어들기 때문에 아무리 사소한 항목이라도 견고하게 기억할 수 있습니다.

상상력이 기억력을 끌어 올린다

고교 시절에 기억력이 대단히 좋은 친구가 있었습니다. 그의 말에 따르면, 역사책을 읽으면 책을 읽고 있는 동안 눈앞에 그 광경이 떠오른다고 합니다. 그리고 자기가 마치 그 역사의 한 구성원인 것처럼 그 시대의 역사적 상황으로 뛰어 들어가 실제 숨을 쉬고 있는 듯한 느낌이 든다는 것입니다. 그에게 있어서 역사에 나오는 인물들은 친구와 같은 존재입니다.

그가 그 비법을 공개했을 때 다른 친구들은 모두 말도 안 되는 소리라고 비웃었지만 저는 "영화를 보는 기분으로 공부를 할 수 있다니 얼마나 좋은 일인가?" 하고 마음속으로 크게 감탄했습니다. 그래서 저도 그와 비슷한 방법을 이용해 보기로 마음먹었습니다.

지금에 와서 생각해 보니, 이미지 연상법을 이용하면 암기 과목도 '기억의 사슬'에 훌륭하게 결합될 수 있습니다. 자기 스스로가 조종하는 상상의 세계는 풍부할수록 즐거운 법입니다.

한번 암기한 것은 항상 머릿속에서
자문자답해 본다

기억은 단지 외우는 것만으로는 아무 의미도 없습니다. 재생, 즉 외운 것을 정확하게 다시 복원할 수 있어야만 의미가 있습니다. 그럼 재생하기 쉽도록 기억하려면 어떻게 해야 할까요? 이것은 기억술 법칙의 키포인트 중 하나라고 할 수 있습니다. 그 중 한 방법으로 '자문자답법'이 있습니다. 이것은, 한번 암기한 것은 항상 의식적으로 머릿속에서 자문자답함으로써 기억의 흔적을 보다 깊게 새기는 방법입니다.

과거에 일어난 큰 사고에서, 같은 상황에 있던 사람들 중 대다수가 사망했는데도 냉정하게 행동함으로써 목숨을 구한 사람들에 대한 조사를 실시한 적이 있습니다. 그 결과, 그들 대부분이 예외 없이 항상 유사시에 대비해 이 '자문자답법'을 활용한 사람들이라는 사실이 밝혀졌습니다.

어떤 사람은 다양한 사고를 상정하고 그 상상의 사고 중에 자신이 취해야 할 행동을 머릿속에서 차분히 정리하는 것을 반복적으로 연습했다고 합니다. 덕분에 실제 그와 유사한 사고가 일어났을 때 신속하게 대응해 목숨을 구할 수 있었다는 것입니다.

시험장에서도, 문제지를 받았는데 암기하고 있던 내용을 깜박 잊어버려 난처함을 당하지 않고, 곧바로 문제에 답할 수 있는 능력을 기르는 데는 역시 이 방법이 위력을 발휘합니다. 암기한 것을 항상 머릿속에서 자문자답하면서 기억을 강화해 두면 답은 자연히 나오게 되어 있습니다.

제가 아는 어떤 사람으로부터, 아들이 사회 과목의 공부에 텔레비전을 이용한다는 말을 들은 적이 있습니다. 이것 역시 바로 자문자답법입니다. 그는 밤 9시 뉴스를 하루도 거르지 않고 본다고 합니다. 하지만 그 학생은 뉴스에서 새로운 지식을 획득하려는 것이 아니고 이미 알고 있는 것을 반복하기 위한 방편으로 뉴스를 본다고 합니다.

예를 들어, "대통령은 오늘 아침, 현재로서는 국무총리를 경질할 의사가 없다고 밝혔습니다."라는 뉴스가 나왔다고 하면 그는, "그때 어느 부서의 장관이 경질될 것인가? 내각의 조직과 개편에 대한 대통령의 권한은 헌법에 어떻게 규정되어 있는가?" 등을 자문자답해 보는 것입니다.

뉴스를 듣고 있으면 정치 사회의 전 영역을 커버하는 자문자답이 가능합니다. 이런 식으로, 어떤 것이든 가까운 곳에 있는 대상을 선정하여 기억 강화의 보조 수단으로 사용한다면, 보다 많고 정확한 내용을 자기 것으로 만들 수 있을 것입니다.

기억력이 둔해지는 식전 , 식후에는
암기를 피한다

아무리 해야 할 것이 쌓여 있다고 해도, 밥을 먹으면서 공부하는 것만은 피하기를 권합니다. 식사 직후에는 뇌를 포함한 신체의 전 기관의 활동 수준이 저하됩니다. 뇌세포의 활동이 약해졌는데 기력이 좋을리 없습니다. 배가 편안해지고 혈액이 위에서 뇌로 '환류(環琉)' 하기를 기다리는 것이 상책입니다. 식사 중이나 직후에는 두뇌와 몸을 휴식시키면서 편안히 있는 것이 오히려 에너지를 축적하는 결과가 되기 때문에, 결국에는 빨리 기억하는 길로 연결됩니다.

또 공복일 때도 기억력이 저하됩니다. 동물은 일반적으로 배가 고프면 불안해지고 집중력이 저하됩니다. 그 결과 초조한 행동을 보이고 기억력에 있어서도 최악의 상태가 됩니다. 방을 나와 배를 채우는 것은 아까운 시간을 낭비하는 것이라고 생각하기 쉽지만, 기억의 능률을 높이고자 한다면 고픈 배를 웅크리고 무디어진 두뇌에 채찍질을 하는 것보다는 배부터 다스리는 것이 효과적입니다.

　이렇듯 식사 직전과 직후는 기억력을 떨어뜨리기 때문에, 빨리 공부를 끝내야 할 때는 오히려 밤참을 먹거나 차를 마시면서 휴식 시간을 갖고, 그 외의 시간에 공부에 열중하는 시스템이 더 능률적입니다.

암기한 지식의 효과적 운용을 위해 지식 상호간의 네트워크를 확립

제 경험에서 보자면, 대학 입시 출제자가 문제를 만들 때는 그 문제에 응용할 수 있는 과거의 지식과 경험이 종합적으로 연상되게 마련입니다. 이런 연상으로부터 단지 지식의 단편뿐만이 아니라 다양한 지식과 경험의 조합이 나오기 시작해 새로운 입시 문제를 만들어 내는 시각이 생성됩니다.

그러므로 문제를 푸는 측, 즉 여러분들도 지식들 간의 관계를 고려하면서 다양한 채널로 연결시키면 정확한 답을 얻을 수 있는 확률이 높아진다고 할 수 있습니다. 암기를 할 때부터 이렇게 지식 간에 네트워크를 만들어 두면 상기해 낼 때 그 네트워크가 한 줄기처럼 끌려나와 기억을 효과적으로 운용할 수 있게 됩니다.

예를 들어 벡터를 배우는 경우, 그것을 물리의 '힘' 이라는 개념에 관련시켜 암기해 두면 수학 문제뿐만 아니라 물리 문제를 풀 때도 새로

90

운 각도에서 문제를 검토할 수 있게 됩니다. 어느 유치원에서는 선생님이 먼저 "오늘은 몇 일"이라고 묻고 아이들에게 글자로 써보게 한 다음 "숫자로는 어떻게 쓰지?" 등으로 질문을 연결시켜 나가는 교육법을 실시하고 있습니다. 어릴 때부터 지식 간에 네트워크를 형성하는 것을 익혀 두면 기억은 그만큼 정밀하게 형성됩니다.

속공기억술

1 취향에 맞는 참고서를 찾는 것이 빠르고 능률
적으로 암기할 수 있는 지름길이다.

2 불필요한 기억을 오래 간직하면 정작 중요
한 것을 빨리 암기할 수 없다.

속공기억술

3 무작정 외우는 것보다 이해하는
것이 기억의 지름길이다.

4 다급할 때는 서서 공부하는 것도 속
공 기억에 효과적이다.

93

열흘 후의 한 시간 복습보다는 아홉 시간 이내의 10분 복습이 효과적이다

외워야 할 것들은 산처럼 쌓여 있는데 좀처럼 진도가 나가지 않을 때, 학생들은 대부분 한 번 외운 것은 놔두고 어떻게든 자꾸만 진도를 나가고 싶어합니다. 기억에 반복이 중요하다는 것은 잘 알고 있지만, 처음부터 끝까지 한 번 훑고, 며칠 지난 후에 다시 한 번 복습하면 된다고 생각하는 학생들이 의외로 많습니다.

반복은 몇 시간 후나 며칠 후나 마찬가지라고 생각하는 학생이 꽤 많지 않나 생각됩니다. 혹시 그렇게 생각하고 있다면, 그것은 모처럼의 노력을 망쳐 버리는 처사라고 하지 않을 수 없습니다. 같은 복습이라도 최초의 기억에서 몇 시간 후에 하는가에 따라 그 효과가 완전히 달라지기 때문입니다.

에빙하우스라는 학자의 실험에 의하면, 인간의 기억에는 잘 잊혀지는 부분과 쉽게 잊혀지지 않는 부분이 있는데, 전체의 3분의 2정도를 차지하는 잘 잊혀지는 부분은 한 번 암기했다 하더라도 반복하지 않으면 대부분 아홉 시간 이내에 기억 회로에서 사라지고 나머지 3분의 1 정도는 하루나 며칠간 비교적 길게 보존된다고 합니다.

기왕 복습을 하려면 완전히 잊어버린 것을 새로 암기하는 것보다는, 어렴풋하지만 아직 형태를 갖고 있는 동안에 기억을 보강해 숨을 불어넣는 것이 얼마나 더 능률적인가는 명백합니다.

그러므로 암기한 것들 중에서 가장 잊혀지지 쉬운 부분이 다소라도 머릿속에 남아 있는 아홉 시간 이내에 복습을 해줘야만 하는 것입니다. 닷새나 열흘이 지난 후라면 한 시간이 넘게 걸릴 작업이, 아홉 시간 이내에는 10분 정도로도 충분한 효과를 올릴 수 있습니다.

하지만 30분 후나 한 시간 후, 공부가 끝난 직후에 복습하면 오히려 망각률이 높아지므로 기억 강화에는 아무 의미가 없다는 점도 명심해 두십시오.

ONCE MORE 공부한 직후에 다시 복습하는 것은 망각률을 높일 뿐이래요.

가끔씩은 기대 수준을 낮추는 것이 기억을 촉진한다

평소의 준비가 부족해 시험 직전에 벼락 밤샘을 해야 하는 경우가 많습니다. 열심히 공부해 합리적인 방법으로 확실한 기억을 획득하는 한, 밤샘도 비난받을 이유는 없을 것입니다. 그런데 밤샘을 효과적으로 하기 위해서는, 역으로 이 밤샘에 너무 큰 기대를 갖지 않는, 일견 모순적인 원칙을 알아둘 필요가 있습니다.

하룻밤 절인 채소가 오랫동안 충분하게 절인 채소의 깊은 맛을 따르지 못하는 것과 마찬가지로, 평소부터 열심히 공부를 계속해 온 경우와 비교해서 하룻밤, 이틀 밤 공부로 똑같은 성과를 달성할 가능성이 낮은 것은 당연하기 때문입니다.

그러므로 어쩔 수 없이 밤샘을 해야 할 때는 100%나 90%를 노리는 무리를 피하고 70%정도를 목표로 시작하십시오. 이렇게 하면 같은 시간이라도 그만큼 범위를 좁혀 공부할 수 있습니다. 즉, 무리하게 모든

96

것을 다 본다는 과욕을 부림으로써 오히려 전부가 흐지부지하게 되어 50%밖에 이해를 못하느니보다는, 70%라도 확실히 함으로써 에누리 없는 70점을 받는 것이 현명한 실전 대비책입니다. 기억은 이렇게 기대 수준을 낮춤으로써 양은 적어지지만 정확도가 높아지는 측면도 있습니다.

시험문제를 예상하면서 공부하면 머릿속에 쏙쏙 들어온다

이것은 어느 고위 관리로부터 들은 얘기인데, 그는 국회 대정부질문 전날 답변을 준비하기 위해 부하 공무원에게 자료를 받아 한 번 훑어보고, 다음날의 상임위원회를 상상하면서 그 부하에게 예상 질문을 시켜본다고 합니다. 처음에는 어떤 질문에도 당황하지 않을 자신이 있었지만, 예행연습을 하다 보면 전혀 예상치 못한 질문이 튀어나오게 되고 이렇게 질문에 대답하는 동안 자료 전체가 머릿속에 깨끗이 정리된다고 합니다.

이런 이치는 공부에도 충분히 응용할 수 있는 방법입니다. 국회 답변에 해당하는 것이 시험입니다. 시험 문제를 다양한 각도에서 예상하면서 공부하는 것입니다.

예를 들어, 영어 단어를 외울 때는 머릿속에서 스스로, "스펠링을 묻는 문제가 나온다면? 악센트를 묻는 문제가 나온다면?" 하는 식으로 예상 질문을 해봅니다. 그 단어를 포함한 문장을 상정하고 그 문장을 번역해 보는 것도 좋습니다. 이렇게 기억해 두면 주관적인 지식이 객관적으로 정착되는 효용이 있을 뿐만 아니라, 기억된 자료를 다양하게 응용할 수 있어서 기억을 촉진시키는 효과도 있습니다. 즉, 한 방향에서만 공격하는 경우에는 그 연관이 머릿속에 떠오르지 않으면 쉽게 잊혀져 버리지만, 복합적인 방법으로 공격하면 문제들 간에 다양한 연관이 생겨 기억하기가 쉬워지는 것입니다.

암기한 지식이 나중에 재생되지 않는다면 아무 의미도 없습니다. 애써서 외웠는데 막상 시험장에서는 아무리 머리를 짜내도 그 내용이 떠오르지 않고, 마치 "목구멍에는 걸려 있는데 입 밖으로는 나오지 않는다"고 하소연하는 학생들이 있습니다. 그것은 결과적으로는 정확하게 기억하고 있지 않다는 것입니다.

이런 위험을 방지하는 데는 기억을 재생하는 장면을 상정하면서, 즉 그 기억을 실제로 사용하면서 외우는 방법이 효과적입니다. 언제 어떤 곳에서라도 재생시킬 필요가 있을 때는 즉시 기억 회로 속에서 꺼낼 수 있는 순발력을 기를 수 있게 됩니다.

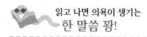

불필요한 기억의 잔재는 효과적인 기억을 방해한다

*영화*를 보러 갔다 집에 돌아오자마자 공부를 시작한다고 해봅시다. 이럴 때는 방금 전에 본 영화 내용이 계속 떠오르고 공부 내용은 좀 처럼 머릿속에 들어가지 않는 것을 누구나 한 번쯤은 경험해 보았을 것입니다.

이것은 영화의 기억이 장애가 되어 필요한 기억의 진입과 정착을 방해하기 때문입니다.

인간의 뇌세포 수는 약 140억 개라고 합니다. 어느 학자의 설에 의하면, 유효하게 활동하고 있는 것은 그 중에서 약 5% 정도밖에 되지 않는다고 합니다.

그렇다면 뇌에는 충분한 잉여(剩餘) 능력이 있어서 아무리 사용해도 뇌의 기억 용량을 완전히 소모하는 경우는 없다는 말이 됩니다. 그러나 기억 조직은 뇌세포의 수만큼 효율적으로 작동하지 않습니다. 뇌

속에 들어 있는 정보는 뇌 속에서 그물눈처럼 연결되어 기능합니다. 그리고 밖으로부터의 자극에 반응해서 기억 내용을 재생합니다. 그러므로 쓸모없는 정보가 들어 있으면 그것들이 필요한 정보 사이에 걸림돌이 되기 때문에 새로운 정보의 활용을 억제하게 됩니다.

필요한 정보가 기억 회로 속에 들어 있어도 재생시킬 때는 불필요한 기억들이 같이 묻어 나오기 때문에, 마치 잡음이 섞인 라디오 음악처럼 불명확한 정보밖에 얻을 수 없습니다.

그러므로 암기를 할 때, 특히 빨리 암기해야 할 때는 공부를 하기 전의 일은 머릿속에서 깨끗이 지워 버리고 백지 상태로 만들어 두어야 합니다.

ONCE MORE 머릿속에 쓸데없는 정보가 들어 있으면 그것들이 필요한 정보 사이에 걸림돌이 되기 때문에 새로운 정보의 활용을 억제하게 된다.

101

중요한 부분은 그 부분만을 원 포인트 주의로 암기하는 게 빠르다

인간의 기억은 앞에서 언급한 바와 같이, 다른 기억이 들어오면 앞에 암기한 것의 흔적이 약해져 재생이 힘들어지는 경향이 있습니다. 특히 뒤에 암기하는 내용이 앞의 것과 유사한 경우에는 이 현상이 더욱 현저해집니다. 이것은 어떤 대상을 기억시키기 위해서는 그 이후에 앞의 것과 유사한 내용을 기억 회로에 중복시키지 않는 것이 좋다는 말입니다. 이렇게 해야만 앞에 기억된 부분이 견고하게 정착되기 때문에, 비슷한 내용을 동시에 기억하는 경우에 비해 훨씬 선명한 기억이 남게 되는 것입니다. 이것이 앞에서도 언급한 '응리 효과'로서, 이 방법을 응용하면 기억력을 훨씬 높일 수 있습니다.

중요한 부분이나, 그 과목을 이해하는 데 필수적인 부분은 다른 것들과 분리해서 암기하는 것이 좋습니다. 그날의 공부를 그 부분에만 한정해서 다른 것들은 완전히 생략해 버리는 것도 한 방법이 될 수 있습니다.

　이런 방법을 쓰면 그 부분의 기억은 다른 기억에 의해 방해받지 않기 때문에 비교적 선명하고 오랫동안 기억 회로에 새겨지게 됩니다. 욕심을 부려 이것저것 가리지 않고 모두 손을 대다가는, 결국 아무것도 얻을 수 없는 결과로 끝날 수도 있다는 점을 잊지 마십시오.

어중간한 상태로 만족하지 말고 아직 부족하다는 마음을 가진다

공포 소설을 읽을 때 가장 재미있는 것은 역시 스토리 전개의 긴장감입니다. 저는 항상, 그 소설이 문제 해결을 향해 나아가고 있는 것은 분명한데, 한편으로는 일견 해결된 듯 보이던 것이 마지막에 가서 독자의 의표를 찌르는 건 아닐까하는 생각에 사로잡힙니다. 하지만 그렇게 조바심 나게 읽은 소설은 조금만 시간이 지나면 깨끗이 잊어버리고 맙니다.

일상생활에서도 한 가지 일이 끝나 버리면 그 순간 쉽게 잊어버리는 경우가 있습니다. 저도 이름과 성격까지 잘 기억하고 있던 제자를 졸업한 후 시간이 얼마 흐르지 않았는데도 기억하지 못한 경험이 자주 있습니다. 여러 사람을 한꺼번에 소개받을 때, 쉬운 이름이라서 곧 기억할 수 있었던 것과, 처음에 잘 알아듣지 못했다거나 발음이 어려워 쉽게 기억하지 못했던 것 중에서 오히려 후자가 오래 기억에 남는 경우가 많습니다.

　이것을 심리학에서는 차이가르닉 효과라고 부릅니다. 차이가르닉이라는 심리학자가 피험자를 두 그룹으로 나누어 간단한 문제를 몇 개 준 다음, 한 그룹에게는 완전히 문제를 풀 것을, 다른 한 그룹에게는 문제를 다 풀지 못해 미련이 남은 채로 중지할 것을 지시했습니다. 그리고 피험자들에게 문제 내용을 모두 기억해 내도록 했습니다. 그 결과 후자의 그룹이 보다 기억률이 좋았습니다. 이것은, "끝났다고 생각해 긴장이 풀어지면 쉽게 잊어버리지만, 아직 다 끝내지 못했다는 긴장감이 남아 있는 편이 기억력을 높여준다."는 사실을 보여줍니다.

　또 다른 한 실험에 의하면, 대답이 아주 명확한 경우와 문제는 풀었지만 답이 완벽하지 못한 경우, 문제를 다 풀지 못한 경우를 비교했더니, 문제 내용을 가장 선명하게 기억하는 그룹은 정확한 대답을 한 그룹, 다음이 문제를 다 풀지 못한 경우였고, 가장 기억률이 나쁜 것이 두 번째 그룹이었습니다.

　해답이 완벽한 경우는 별도로 치고, 확실한 자신이 없는 상태로 공부를 완료하는 것보다는 오히려 '아직 부족하다'는 아쉬움을 남기는 것이 기억에 있어서는 더 효과적이라는 말입니다.

　그러므로 문제점을 풀 때 자기 힘으로 해결할 수 없는 문제를 힌트나 해답란을 보고 그것으로 '됐다'고 생각해 버리는 것이 기억에 있어서 얼마나 위험한 것인지를 알 수 있습니다. 힌트나 해답을 보고 나면 우선은 해법을 이해한 것 같겠지만, "이 문제에 대해서 좀 더 연구해 보자."는 마음을 가지는 것이 그 문제를 보다 정확하고 오래 기억할 수 있는 방법입니다.

    문제집을 푸는 것은 시험과는 달라서 실력을 '판별' 하기 위한 것 이라기보다는 실력을 '양성' 하기 위한 것입니다. 그러므로 "문제를 풀었다. 답이 나왔다."고 해서 '끝' 이 났다고 잊어버릴 것이 아니라 그 내용과 해법, 푸는 요령을 오랫동안 간직할 필요가 있는 것입니다.

취향에 맞는 참고서를 찾는 것이 빠르고 정확한 기억의 첫걸음이다

참고서를 살 때 유명 저자, 일류 출판사라면 내용도 보지 않고 사 버리는 학생들이 많습니다. 그러나 이것은 착각입니다. 아무리 유명하고 일류라고 해도 공부에 대한 기본적 발상과 기억 시스템이 전혀 다른 사람이 쓴 책이라면 별로 도움이 되지 않습니다.

골프 자세를 배울 때는 자기와 키가 같은 사람에게 배우라는 것이 철칙입니다. 키의 차이, 힘의 차이에 따라 스윙 방법이 전혀 달라지기 때문입니다. 자기에게는 자기 나름대로의, 자기 체형에 맞는 독특한 방법이 있어야 합니다.

기억술도 골프의 스윙과 마찬가지입니다. 일반적인 법칙은 제외해 두고 그 외에는 각인각색의 독특한 스타일이 있게 마련입니다. 참고서는, 골프의 스윙을 가르치는 코치와 같아서 자기의 스타일에 맞는 것을 고르도록 해야 합니다.

저는 고등학교 시절에 제 스타일과 똑같은 분류법, 일람표 만드는 법, 정리법을 사용하고 있는 참고서를 발견하고 크게 능률을 올린 경험이 있습니다. '취향에 맞는' 것을 만날 때까지는 참고서를 함부로 사지 않겠다는 정도의 철저함이 없다면, 똑같은 시간 공부를 하고서도 바라는 만큼의 성과를 올리지 못하리라는 것은 자명한 이치입니다.

복습할 때는 처음 암기했을 때와 순서를
바꿔서 한다

"*반복 없이는* 기억도 없다."고 말해도 과언이 아닐 정도로 기억
에 있어서 반복은 필수적입니다. 저도 이 책에서 반복의 중요성에 대해
자주 언급하고 있는데, 반복의 방법이 서투르면 공부의 능률은 오르지
않습니다.

그런데 대부분의 학생들은 일정한 순서를 따라 항상 같은 패턴으로
반복 학습을 하고 있는 것 같습니다. 확실히 이 방법은 뿔뿔이 흩어진
기억 대상을 순서라는 맥락 속으로 받아들여 위치를 고정시켜 외울 수
있기 때문에, 기억된 내용을 재생할 때도 그 내용의 기억 위치만 생각
해 내면 되므로 극히 유효한 방법이라고 할 수 있겠습니다. 대부분의
학생들이 이 정통적인 방법을 반복 학습의 기본으로 삼고 있는 것은 충
분히 수긍이 가는 일입니다.

그러나 이 방법에는 약간의 결점이 있습니다. 이 방법의 가장 큰 결

점은, 실전에 대비한 준비로서는 부족하다는 점입니다. 예를 들어, 영어 단어를 암기할 때 알파벳순으로 암기하는 방법에만 의존할 경우, 자기는 암기했다고 생각하지만 실제 시험에서 단어 문제는 결코 알파벳순으로 나오는 것이 아니기 때문에 응용력이 떨어져 실패를 초래할 수도 있습니다.

두 번째 결점은 기억 내용간의 편차가 심하다는 점입니다. 앞에서도 서술했듯이, 순서를 고정시켜 암기하게 되면 처음과 끝의 기억은 비교적 확실하지만 중간 부분은 흐지부지해져 버리는 경우가 많습니다. 인간은 뭔가 새로운 일을 시작할 때는 정신이 쉽게 집중되지만, 그 일에 익숙해짐에 따라 산만해지는 경향이 있습니다. 항상 같은 순서로 반복 학습을 하면 정신을 집중한 부분과 그렇지 못한 부분이 항상 동일하므로 기억의 내용과 정확도에 편차가 생길 우려가 있습니다.

같은 순서로 복습할 때의 세 번째 결점은, 과정에 변화가 없어 기억을 위한 지속력이 감퇴되는 것입니다. 언제나 재미없는 부분에서부터 공부를 시작해야만 한다면 책상에 앉을 기분도 나지 않고 쉽게 발동이 걸리지도 않을 것입니다.

이런 결점들을 보완하려면, 한 번 암기한 것을 복습할 때는 가끔씩 원래의 순서를 무시하고 무작위로 순서를 바꿔보는 것이 한 방법이 될 수 있습니다. 무작위로 순서를 정해 하나 하나 체크해 가다보면 실전에 대비하는 힘도 붙습니다. 지금까지 역사 과목의 공부를 시간 순으로만 해왔다면 이번에는 '시계열(時系列)'을 무시하고 주제별로 각 시대의 공통점을 추출하여 대비하는 식으로 순서와 방법을 바꿔보십시오. 실제 입시에서는 결코 단편적인 지식의 나열을 묻는 것이 아니라, 각 시대를 통시적, 공시적으로 비교할 수 있는 시각을 테스트하기 때문에 이 공부 방법은 훨씬 효과적입니다.

순서를 바꾸거나 마음에 드는 것부터 복습하는 기억법은 기억의 편차를 방지해 줄 뿐만 아니라 기분 전환의 효과도 있습니다. 공부는 열심히 하는 데 비해 성적이 오르지 않아 고민하는 학생들은 이 방법을 한 번 시험해 보는 것이 어떻겠습니까?

속공기억술

1 시험 문제를 예상하면서 암기하면 머릿속에 쏙쏙 들어온다.

2 한꺼번에 외우는 것보다 잘게 나누어 외우는 것이 머리의 부담도 줄이고 빨리 기억하는 방법이다.

속공기억술

3 일보 후퇴, 이보 전진이 빠르고 정확한 기억법이다.

4 눈으로만 외우지 말고 입으로 말을 하면 더
빨리 외워진다.

몸의 움직임에 따라 리듬을 맞추면 암기가 쉬워진다

정신분석학의 창시자인 프로이트는, 어린 시절 밤에 라틴어의 어미변화와 그리스어의 문법을 암기할 때면 책상과 벽 사이를 손으로 톡톡 두드리고 방안을 걸어 다니면서 공부했다고 합니다. 의식을 집중시키기 위해 걸으면서 벽을 두드린 것인데, 이것은 리듬을 맞추면서 암기하면 기억력이 증진된다는 것을 보여주는 좋은 예입니다. 우리들은 뭔가를 생각할 때 무의식중에 손가락이나 발로 책상이나 의자 다리를 툭툭 건드리는 경우가 있습니다.

이것이 습관이 되어 툭툭 하는 소리가 나지 않으면 생각을 집중할 수 없는 사람도 있을 정도입니다. 이처럼 일정한 간격으로 반복하는 리듬은 정신을 집중시키는 효과가 있습니다. 프로이트의 경우에도 기억작용과 벽을 두드리는 리듬이 상승효과를 일으킨 것이라고 할 수 있겠습니다.

114

현대는 '청시각(聽視覺)의 시대'라고 합니다. 즉, 청각이 크게 발달해서 시각과 연합해 리듬감이 감각의 중심적 역할을 맡게 되었다는 것입니다. 어느 스님의 말에 따르면, 최근 젊은 스님들은 목탁을 두드리면서 불경을 외우는데 그 속도가 매우 빠르다고 합니다.

"부드러운 리듬에 맞춰 즐거운 기분으로 암기한다." 정말 현대적인 암기법이 아니겠습니까.

46

사전을 통째로 씹어 먹는 공부법은
오늘날에도 통용된다

옛날 우리 시대의 학생들이 영어 단어를 외우기 위해 사전을 찢어 먹었다는 이야기가 이제는 거의 전설적이 된 오늘날에도, 그런 학생들이 있다는 말을 가끔씩 듣고 있습니다. 저는 그 정도로 악착같지는 않았지만 사전 종이로 담배를 말아서 피운 기억은 있습니다.

일견 야만적으로 보이는 이런 행위에도 기억에 관한 심리학적 근거가 있습니다. 이것은 기억에 있어서 '마음가짐'이 얼마나 중요한가를 말해주는 전형적인 예입니다. 예를 들어 기억 실험을 하기 위해, 한 피험자에게 일련의 단어를 읽게 하고 다른 피험자는 그것을 듣고 암기하도록 했더니, 두 사람 다 그 단어들에 똑같이 주의를 기울였음에도 불구하고 하루 뒤에는 후자가 열여섯 개의 단어를 기억하고 있었음에 비해 전자는 열 한개 밖에 기억하지 못했다는 실험 보고서가 있습니다. 이런 예들은 모두 기억을 보존하는 데 '마음가짐'이 얼마나 중요한 역할을 하는지를 말해줍니다.

 사전을 씹어 먹어 버리면 더 이상 볼 수가 없습니다. 그러므로 먹기 전에 어떤 수로든 외워야 한다는 마음가짐이 기억을 강화시켜 주는 것입니다. 이 원리만 이해하고 있으면, 자기 자신을 의식적으로 위기감에 몰아넣어 강한 동기 부여를 통해 기억력을 증진시킬 수가 있습니다.

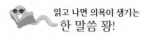
읽고 나면 의욕이 생기는
한 말씀 꽝!

친구를 얻는 것은 일생을 통하여 행복을 보장하는 모든 방법 중에서 가장 중요한 것이다.

-에피쿠르스

같은 내용이라도 다른 형식으로 반복하면 기억이 보다 확실해진다

기억에 있어서 반복이 불가결한 요소임은 몇 번이나 강조했습니다. 그러나 이 반복에도 여러 가지 방법이 있는데, 특히 일단 기억한 지식을 보다 확실하고 재생하기 쉽도록 하는 데는 그만큼의 노력이 필요합니다.

제1단계에 있어서의 반복은 무엇보다 같은 내용을 같은 방법으로 기계적으로 반복하는 것입니다. 영어 단어, 인명과 그 사람의 업적, 원소 주기율표, 수학과 물리의 공식 등을 외울 때는 이유를 불문하고 일단 반복 훈련을 해야 합니다. 때로는 불경을 읽듯이 입으로 소리 내어 읽을 필요가 있습니다.

그러나 이렇게 일단 암기한 기억을 보다 확실하게 정착시키고 재생하기 쉽도록 하기 위해서는 동일한 방법에 의한 반복 연습만으로는 불안한 일면이 있는 것도 부정할 수 없습니다. 단순한 반복 작업만으로는 아무래도 싫증이나 타성이 생기기 쉬워, 단지 눈이 활자 위를 달리기만 할 뿐 내용은 머릿속에 전혀 들어오지 않을 우려가 있기 때문입니다. 처음 암기했을 때와 같은 방법만 쓰게 되면 항상 그 지식을 한 방향에서만 관찰하기 때문에, 특히 기억의 확인이란 측면에서 효율적인 방법이라고 할 수 없습니다.

그러므로 기억의 명확화를 꾀하려면, 과거에 사용한 방법과는 가능한 한 다른 방법을 택하도록 하는 것이 좋습니다. 완전히 똑같은 내용이라도 그것을 대하는 형태가 다르면 그 내용이 새롭게 보이고, 때로는 같은 내용의 다른 측면을 발견할 수 있는 가능성도 있습니다. 비근한 예로, 《쥬라기 공원》을 책으로 읽을 때는 영화를 볼 때와는 다른 신선한 충격을 느낄 수도 있습니다.

기억에 있어서도 이와 마찬가지의 이치가 적용됩니다. 역사를 공부할 때 처음에는 교과서를 반복해서 읽었다면, 다음에는 연표를 확인하고 참고서로 보충을 하고, 지도를 보고 시각적인 이미지를 형성한 다음, 마지막에 문제집을 풀면서 최종 확인을 하는 식으로 각도를 변화시켜 기억을 강화해 나가는 것입니다. 예습, 복습, 수업을 여러 가지 형태로 바꾸어 시도해 보는 것도 좋습니다.

이렇게 중복되지 않는 형식으로 반복 학습을 하면 그때마다 사고방식이 다른 패턴으로 전개되어 반복의 효과가 강화됩니다. 영어단어를 기억할 때, 단어를 보고 그 의미를 우리말로만 읽지 말고 순서를 바꾸어 반대로 우리 말 단어를 보고 거기에 해당하는 영어단어를 생각해 내는 방법, 그 단어를 포함한 간단한 문장을 만들어보는 방법 등 한 과목을 다각적으로 공략하면, 그에 대한 기억은 잊고 싶어도 잊을 수 없을 정도로 견고해질 수밖에 없을 것입니다.

48

A, A→B, A→B→C의 직접 반복법도 기억을 명확하게 해준다

*기억*을 명확하게 하는 방법으로 앞에서 소개한 '점진 반복법' 과 함께 '직접 반복법' 이라는 것이 있습니다. '점진 반복법' 이 앞부분이 끝나면 곧바로 다음 부분으로 넘어가는 것임에 비해, 이 '직접 반복법' 은 앞부분이 끝나면 다음 부분으로 진도를 나가는 것이 아니라 앞부분 으로 다시 돌아가 재출발한 다음 뒷부분으로 넘어가는 것이 특징입니 다. 세 번째 부분을 한 다음에도 다시 첫 번째로 되돌아가 같은 과정을 반복합니다.

즉, 이미 학습한 부분에 새로 공부할 부분을 계속 연결해 나가는 방 법인데, 이 기억법에서는 연결하는 부분이 늘수록 앞에서 익힌 부분을 계속 반복할 수 있게 되므로, 처음에는 다소 시간이 걸리지만 기억은 확실하게 자기 것이 될 수 있습니다.

바이올린 조기 교육의 권위자인 S씨의 교육법이 바로 이것입니다.

A라는 곡이 레슨의 첫 과목입니다. 그는 학생들이 두 번째, 세 번째 곡으로 넘어간 다음에도 끊임없이 A를 반복하게 합니다. 그러다 보니 학생들이 너 댓살의 어린아이들임에도 불구하고 어른들이 놀랄 정도로 A곡을 멋지게 연주할 수 있게 됩니다.

그는 인간이 모국어를 배우는 방법으로부터 힌트를 얻었다고 합니다. 모국어는 엄마가 반복해서 똑같은 말을 들려줌으로서 어린아이들의 머릿속에 정착됩니다. 기억에서도 마찬가지입니다. 모든 단계에서 항상 처음으로 되돌아가 반복의 횟수를 늘리면 늘릴수록 스피드가 붙을 뿐만 아니라 기억의 양도 늘게 마련입니다.

ONCE MORE 직접 반복법은 이미 학습한 부분에 새로 공부한 부분을 계속 연결해 나가는 학습법이랍니다.

급박한 경우에는 서서 공부하는 것도 효과적이다

인간은 누구나 초조해지면 침착성을 잃게 됩니다. 고교 야구에서, 실력으로는 전국 제일로 인정받는 팀이 초반에 어이없는 실점을 당하면 선수들이 침착성을 잃고 실수를 연발하면서 패배하는 경우가 없지 않습니다.

자기 일을 정확하게 수행하면서 가진 실력을 모두 발휘할 수 있으려면 마음을 충분히 안정시켜야 합니다. 하지만 때로는 그 반대의 경우가 효과적일 때도 있습니다. 시험이 앞으로 며칠밖에 남지 않은 문자 그대로의 급박한 상황에서는 오히려 불안한 상태를 역이용하는 것도 한 방법이 될 수 있습니다.

여러분들도 잘 아는 바와 같이, 우리 인간의 대뇌 활동은 등을 펴고 직립함으로써 다른 동물들과 비교할 수 없을 정도로 고도로 발달해 왔습니다. 인간이 다른 동물들과 비교해서 가장 우수한 점은 바로 직립에 의한 대뇌의 발달이라고 할 수 있습니다. 간단히 말하자면, 우리의 두뇌는 등을 곧게 펴고 똑바로 서면 보다 원활하게 작동한다는 것입니다.

시험까지 며칠밖에 남지 않은 '급박한 상황'에서는 당연히 여러분의 마음은 초조로 가득 찹니다. 이럴 때는 선 채로 공부를 해보는 것도 좋은 방법입니다. 의자에 앉아 조마조마 할 때에 비해 의외로 내용이 머릿속에 쏙쏙 잘 들어올 것이 분명합니다.

물론 이 방법은 시험 직전에 최후로 쓰는 수단이기 때문에, 아무리 효과가 좋다 해도 만능이 될 수는 없습니다. 사회나 생물 등의 암기 과목에는 적당하지만 수학처럼 이해와 계산이 필요한 과목에는 적용할 수가 없다는 점은 말할 필요도 없습니다.

ONCE MORE 서서 공부하는 방법은 만능은 아닙니다. 수학과 같은 과목에서는 더욱 그렇죠.

머리가 아니라 손과 입이 기억하는
경우도 있다

*영어 단어*를 암기할 때 묵독은 금물입니다. 책상에 앉아서 혼자서 소리 내어 중얼거리는 것은 꼴사나운 일이라고 생각하는 학생이 있을지도 모르겠지만, 단어를 암기할 때 묵독하는 것은 결코 좋지 못한 방법입니다. 왜냐하면, 소리를 내어 발음하게 되면 입술의 감각이나 혀의 움직임으로도 철자를 기억할 수 있기 때문입니다. 자기 방에서 공부할 때는 물론이고 집 밖에서 공부할 때도 다른 사람들의 시선을 의식할 필요 없이 입으로 읽는 습관을 들여야 합니다.

이보다 더 효과적인 것은 소리를 냄과 동시에 손도 같이 움직이는 것입니다. 단어를 여러 번 종이에 써보면 시각도 활용할 수 있는 효과가 있는 동시에, 펜을 움직이는 손의 움직임이 또 하나의 기억 단서가 됩니다. R이었는지 L이었는지 철자가 애매모호할 때 이렇게 손으로 단어를 써보면 쉽게 외워지고 재생해 낼 수 있습니다. 손으로도 철자의 감을 기억할 수 있기 때문입니다.

저도 전에 대학에서 학생들을 가르칠 때, 강의 중에 칠판에 외국어를 쓰다 깜빡 스펠링을 잊어버려 기억이 나지 않은 적이 자주 있었습니다. 이럴 때는 잠시 칠판을 떠나서 책상 위의 종이에 잊어버린 단어를 펜으로 써봅니다. 그렇게 해보면, 머릿속에서 맴돌기만 하고 명확하게 떠오르지 않던 단어의 정확한 철자가 기억나는 것입니다.

즉, 눈으로 보고 입으로 소리를 내고 손으로 쓰는 세 가지가 동시에 이루어지면 단지 눈으로만 보는 것보다 세 배의 효과가 있다는 말입니다.

어학을 마스터하는 지름길은 감각 기관의 종합적 이용입니다. 예를 들어 'little'을 'rittle'라고 쓰는 사람은 거의 없을 것입니다. 왜냐하면 "l은 긴 글자다, t는 tl과 붙어있다."는 사실을 눈이 기억하고 있고, l과 r의 발음 차이는 발성에 의해 입에 기억되어 있으며, 마지막으로 손이 little의 감촉을 잊지 않고 있기 때문입니다.

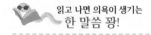

읽고 나면 의욕이 생기는
한 말씀 꽝!
- -
겸손한 자만이 다스릴 것이요 애써 일하는 자만이 가질 것이다.

-《성서》

밤중에 눈이 떠져 잠이 오지 않을 때는 기억 강화에 이용한다

밤중에 갑자기 눈이 떠지고 머리가 맑아지면서 잠이 오지 않을 때가 있습니다. 이럴 때는 애써 다시 잠을 청하려 해도 잠이 오지 않는데, 누구나 한 번쯤은 이런 경험이 있을 것입니다. 저는 이런 경우 무리하게 잠을 청하지 않고 그날 읽은 책의 지식을 강화하는 기회로 이용합니다.

암기한 후 아홉 시간 이내에 복습하는 것이 기억 강화에 도움이 된다는 것은 이미 이야기한 바 있지만, 복습 시간이 이르면 그만큼 효율도 높아집니다. 잠을 잔 지 세 시간 정도 만에 눈이 뜨인 경우에는 자기 전에 공부한 것을 복습할 수 있는 절호의 찬스입니다. 이미 잠이 달아나 버렸다면 다시 잠이 올 때까지 반복 학습을 하는 것이 상당한 도움이 됩니다.

꼭 그럴 때를 대비해서는 아니지만, 저는 지금도 자기 전에 반드시 다시 읽을 책을 책상 위에 정리해 놓습니다. 밤중에 갑자기 잠이 깼을 때 책을 읽으면서 복습을 하거나, 낮에 읽을 때는 몰랐던 점이나 다시 읽으면서 파악한 요점을 적어두기 위해서입니다.

이렇게 해두면 좋은 아이디어가 떠오를 때 바로 메모를 할 수 있고, 아침에 일어났을 때 어제 공부한 것이 기억나지 않는 경우를 예방할 수 있기 때문입니다. 이것이 습관으로 정착되면 한밤중 공부가 반드시 쓸모없는 것만은 아니게 됩니다.

물론 한 번 잠이 들면 일곱 시간 이상 충분히 자는 것이 건강에 도움이 된다는 것은 말할 필요도 없습니다. 이런 공부 방법 때문에 다음날의 공부에 지장이 온다면 오히려 마이너스가 될 것입니다. 단지 우연히 밤에 눈이 떠져 잠이 오지 않을 때는 애써 잠을 청하느니보다는 이 시간을 기억 강화에 이용하는 것도 좋다는 말입니다.

이럴 때를 대비해서, 항상 이용할 수 있도록 그날 공부한 내용을 머리맡에 '대기' 시켜 두는 것도 좋은 방법이 될 수 있을 것입니다. 이런 준비가 되어 있으면 아침 일찍 일어났을 경우에 꼭 책상에 앉지 않고도 침대에서 전날의 공부를 간단하게 복습할 수 있기 때문에 대단히 편리합니다.

반복한 횟수를 기록해 두면 기억이 신속히 강화된다

공부에도 일정한 리듬이 있습니다. 처음에는 지지부진해서 속도가 나지 않던 것이, 어느 단계가 되어 이윽고 급격하게 능률이 오르면 그 기세로 전체를 정복할 수 있는 경우도 있습니다.

또는, 파도가 치듯이 속도가 빨라졌다 느려졌다 하면서 목표를 달성하는 경우도 있습니다. 하지만 어떤 때는 리듬을 타지 못해 전혀 능률이 오르지 않는 경우도 있게 마련입니다.

이 리듬은 그날 그날의 심리 상태나 암기 대상에 따라 달라집니다. 다양한 암기 대상에 대해, 완전히 암기할 때까지의 반복 횟수를 기록해 보면, 대상에 따라 상당한 편차가 있고 난이도의 차이도 확연하다는 것을 알 수 있습니다.

이런 방법을 써보면 암기에 상당한 노력이 드는 과목에 대해서는 왜 어려운가를 분석할 수 있게 됩니다.

그 이유를 조사하는 것 자체가 기억의 강화에 연결되고 자기 기억법의 결함을 발견할 수 있어서, 능률적으로 암기하는 방법을 발견하는 계기가 될 수 있습니다.

취약 과목이나 흥미가 나지 않는 부분은 제대로 하지 않고 건너뛰기 쉽습니다. 이럴 때 반복 횟수를 기록해 두면 나중에 점검할 때, 취약한 부분일수록 횟수가 적다는 것을 발견할 수 있을 것입니다.

그 부분을 암기하지 못하는 것이 반복 횟수가 적기 때문이라는 것을 알게 되면 불안한 느낌이 사라지고 과목간의 편차가 줄어들게 될 것은 당연한 이치입니다.

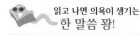

수학 문제 암기시에는 해답의 논리 연결 부분은 종이로 가린다

어떤 문과계 학생들은 수학을 '암기 과목'으로 생각하는 경우가 적지 않은 것 같습니다. 그것은, 정답을 이끌어내는 패턴에 따라 암기하는 것이 어느 정도까지는 가능하기 때문일 것입니다.

이해하는 것이 최선이지, 어쩔 수 없이 빨리 암기하지 않을 수 없는 경우에는 수학도 '암기'하는 방법이 있습니다.

수학 문제의 해답과 그 해답이 나오기까지의 과정을 잘 살펴보면, 국어의 경우와 유사하게 몇 개의 '단락'으로 나누어져 있음을 알 수 있습니다. 그리고 단락과 단락 사이에는 대부분의 경우, 수학의 독특한 논리 전개상의 포인트가 있어서 일종의 규칙성이 있습니다. 이것을 제대로 파악하느냐 그렇지 못하느냐가 그 문제를 암기할 수 있느냐 없느냐의 갈림길입니다. 그런 논리 연결 부분을 종이로 가린 다음 효과적으로 암기하면 수학의 '암기 과목성'을 최대한 활용할 수 있다고 하겠습니다.

암기 카드의 순서를 바꿔가며 사용하면
효과적이다

*영화*를 보다가 가끔씩 감탄할 때가 있습니다. 카메라가 예상과는 전혀 다른 앵글에서 배우의 얼굴을 잡는다거나, 70mm의 대형 화면에 수백 미터 상공에서 그랜드 캐넌 같은 장관이 줌으로 확대되면서 돌비 스테레오의 웅대한 음악이 흘러나올 때면 그때까지는 전혀 느끼지 못했던 인간과 자연에 대한 새로운 매력을 발견하는 것입니다.

앞에서도 서술했듯이 기억도 이와 마찬가지입니다. 하나의 기억 대상을 다양한 각도에서 살펴보면 이미지가 선명해지고 새로운 측면이 나타나 그것들이 계기가 되어 기억이 확실히 뿌리를 내리게 됩니다.

독서 카드의 내용에 이런 원리를 적용할 수가 있습니다. 카드는 노트와는 달리 자유롭게 순서를 바꿀 수 있기 때문입니다. 영어의 중요 구문을 카드에 한 장씩 써서, 알파벳순으로 배열할 수도 있고 품사별로 배열할 수도 있습니다. 이렇게 카드를 여러 가지 조합으로 배열함으로써 각 구문에 대해 선명한 기억을 얻을 수 있을 것입니다. 단어를 외울 때도 이런 방법을 사용하면, 단어장 앞부분에 나오는 단어만 기억하고 나머지는 흐지부지되기 쉬운 약점을 커버할 수 있는 장점이 있습니다.

이 방법은 영어뿐만 아니라 다른 과목에도 충분히 응용할 수 있습니다. 예를 들어 역사적인 사건이나 인물을 외울 때 시대 순이나 가나다 순으로만 볼 것이 아니라 학자, 과학자, 군인 등의 분야별로도 배열할 수 있고, 국사의 중요한 사실과 세계사의 주요한 사실을 공시적으로 비교하는 순으로 배열할 수도 있을 것입니다. 원리만 알고 있으면 응용은 얼마든지 가능합니다.

목차는 뿔뿔이 흩어진 기억을 체계적으로 정리하는 데 유용하다

참고서와 교과서는 내용을 기억하는 것이 가장 중요하다는 점은 말할 필요도 없습니다. 하지만 기억의 효율화라는 관점에서 볼 때 주목해야 할 또 다른 강력한 무기의 하나로서 목차를 들 수 있습니다. 만약 여러분이 책의 내용에 열중한 나머지, 목차는 무엇에 관한 내용이 몇 페이지에 나온다는 것을 알려주는 단순한 '안내판'에 지나지 않는다고 생각한다면 지금이라도 당장 그 생각을 고치십시오.

그 이유는 첫째, 목차야말로 자칫하면 단편적으로 되기 쉬운 개별 기억들에 체계를 부여해 정리하고 뇌세포 속에 지정하여 보다 확실한 기억을 위한 안내판이 될 수 있기 때문입니다. 즉, 목차에 나와 있는 제1장, 제2장과 같은 장 분류는 그 책에 서술되어 있는 내용들의 골격을 가장 개략적으로 나타내고, 각 장 속에 있는 절 분류를 통해 그 장을 구성하고 있는 중요한 요소가 거론되어 있는 것입니다.

어느 세계사 참고서의 예를 들어보겠습니다. 이 책은 장 구성이 다음과 같습니다.

　I. 문명의 발생 II. 고대문명의 성립 III. 동아시아 문화권과 이슬람 문화권 IV. 유럽세계의 형성 V.유럽의 근대화와 아시아 제국의 번영 VI. 유럽 근대 국가의 발전 VII. 현대세계. 이 중에서 IV. 유럽 세계의 형성 내에는, 1.서양 중세 세계의 형성 2. 서양 봉건 사회 3. 봉건 사회의 변동 등이 들어 있고, 또 서양 중세세계의 형성이라는 절속에는 보다 자세하게, 게르만 민족의 대이동, 프랑크 왕국의 성립과 발전, 중세 국가의 탄생, 로마 카톨릭 교회의 발전, 비잔틴 제국의 성쇠 등이 언급되어 있습니다.

　결국, 목차란 바꿔 말하자면 그 책의 가장 중요한 전체 흐름을 최소한으로 간략화 시킨 요약이라고 할 수 있습니다. 그러므로 극단적으로 말해, 무엇보다도 먼저 암기해야 할 것은 자질구레한 인명이나 사건보다도 오히려 목차 그 자체라고 할 수 있습니다. 여러분의 기억 속에 있는 세세한 사항은 그 목차의 어느 위치에 어떤 식으로 위치해 있는가에 의해 확실한 기억으로 정착됩니다.

　목차가 기억술의 무기로서 유효한 것은 먼저 이런 이유에서이지만, 그 책을 펼치고 공부를 할 때는 항상 먼저 목차를 한 번 훑어보고 나서 그날의 공부를 시작하는 방법이 있습니다. 이렇게 함으로써, 그때까지 공부한 것과 앞으로 해야 할 것의 관계에 있어서, 그날 예정 부분의 전체적인 위치가 보다 분명해집니다. 또한 목차에 나와 있는 항목은 항상 논술적인 문제의 중요한 테마가 됩니다. 그러므로 이 항목만 보고도 그 내용이 머릿속에 떠오를 수 있을 정도가 되면 그 과목을 완전히 마스터한 것이라고 할 수 있습니다.

색인은 최고의 기억 체크 리스트

교과서나 참고서를 기억술의 도구로 본다면 그 속에는 색인이라는 강력한 무기가 있습니다. 색인은 목차와는 달리, 중요 사항이 체계적인 차례가 아니라 가나다 순이나 ABC 순으로 기계적으로 나열되어 있습니다. 이렇게 기계적이고 전후의 맥락이 없이 나열되어 있다는 사실이야말로 색인이 목차와는 다른 의미에서 기억의 보강에 도움이 될 수 있는 진정한 이유입니다.

앞에서 설명했듯이, 목차의 경우에는 체계적인 지식의 정리에 적합한 도식을 제공하지만, 반면에 중요 사항이 상호 관계에 근거해 열거되어 있기 때문에, 개별적인 지식의 정확성을 확인하려고 하면 전후의 항목이 힌트가 되어야 하므로 엄밀한 의미에서의 확인이 어려운 경우가 없지 않습니다.

그러나 색인은 이와 달리, 하나하나의 항목이 전후의 항목과 전혀 관계없이 독립되어 있습니다. 그렇기 때문에 색인의 각 항목에 관해 충분히 숙지하고 있는가? 그렇지 못한가를 공정하게 확인할 수 있습니다. 각 항목을 하나씩 훑어가면서 기억의 정확성을 체크할 수 있다는 점에서, 색인은 그 책에 관계되는 기억의 정확도를 확인할 수 있는 최고의 '체크 리스트'라고 할 수 있습니다.

이때, 배열된 순서에 따라 꼼꼼하게 체크하는 것도 물론 좋겠지만 조금만 더 궁리를 하면 다음과 같은 방법도 가능합니다. 색인의 항목 중에는 특히 중요한 것은 고딕체로 인쇄되어 있는 경우가 있는데, 그렇지 않더라도, 'ㅇㅇ:54, 60, 88, 105', 'ㅇㅇ:82, 95~97, 113, 120' 처럼 대개 그 항목이 등장하는 페이지가 자주 언급되어 있습니다. 그 페이지 수가 바로 그 책에서 주요한 항목의 등장 빈도를 나타내고 중요도의 우선 순위를 표시한다고 할 수 있겠습니다. 암기한 지식을 확인할 때는 이 중요도가 높은 것부터 우선적으로 복습하는 것이 보다 효과적입니다.

색인의 또 다른 효용은 목차와는 다른 관점에서 지식을 정리할 수 있다는 점입니다. 예를 들어 역사 과목이라면, 목차로는 역사의 흐름에 따라 정리할 수가 있고, 색인으로는 각 항목을 다양한 관점에서 다시 살펴볼 수가 있습니다.

한 가지 예를 들어보겠습니다. '세종대왕:39, 45, 91, 101~103, 155' 라는 항목이 있다고 합시다. 이 경우 101~103페이지에 있는 세종대왕의 치세와 업적에 대한 일반적이고 상세한 설명이 있을 것이라는 점을 충분히 짐작할 수 있습니다. 그러므로 그 페이지를 읽으면 세종대왕이라는 인물에 대한 기술에서부터 역으로 당시의 역사적 흐름을 파악할 수 있습니다. 그리고 39, 45, 90, 155처럼 띄엄띄엄 나와 있는 장소는 101~103페이지에서 언급되지 않은 사실이 기술되어 있을 것이므로, 총론(總論)만으로 망라할 수 없는 각론(各論)을 보충할 수 있는 것입니다.

도표화하면 전체를 한눈에 살펴볼 수 있다

집을 처음 방문하는 사람에게 전화로 길을 설명하다 보면, 제 설명을 따라하면서, "응, 그러니까 ○○서점 옆에서 오른쪽으로 돌아……." 하며 끈질기게 확인하는 사람이 있습니다. 제 말을 그대로 메모하는 모양인데, 이런 사람은 가령 지도를 보여줘도 하나하나 말로 설명하지 않으면 이해하지 못하고 결국은 집 근처까지 와서 다시 전화로 길을 묻곤 하는 경우가 많습니다.

인간이 성장함에 따라 가장 발달하는 것은 시각입니다. 지도화, 즉 시각화가 되지 않는 사람은 감각 기관의 발달이 불충분한지도 모릅니다. 보통은 눈에 들어오는 정보를 처리하고 정리하는 것이 이해와 기억을 촉진시키므로, 한눈에 알아볼 수 있는 그림이나 표를 만드는 훈련이, 빨리 기억할 수 있는 지름길이 될 수 있습니다.

공부를 할 때 요점을 글로만 쓸 것이 아니라 '도표 노트'를 만들면 시각화에 좋은 훈련이 됩니다. 이 방법은 논술식 문제에 매우 유용하며 하나의 테마를 전체적으로 요령 있게 요약할 때 이용하면 좋습니다. 인과 관계, 시간, 인물 등을 도표화하면 기억을 확실히 할 수 있고 공부의 능률도 훨씬 높아집니다. 또한 노트를 시각적으로 정리해 두면 공책을 덮었을 때도 머릿속에 각인된 기억이 눈앞에 희미하게 떠오르기 때문에 기억 재생에도 매우 유용합니다.

중요한 내용을 큰 글씨로 쓰거나 도표를 색연필로 정성스럽게 그려 보면 단순한 지식이 입체적인 성격을 띠게 됩니다. 또 자기만의 독자적인 기호를 만들어 표현하면 그 기호를 사용하는 순간부터 이미 기억 작용이 시작되는 이점도 있습니다.

최근의 수험생용 참고서에는 다양한 색깔을 이용한 도표가 실려 있는 경우가 많습니다. 그런 것들도 이런 효과를 노리는 것입니다.

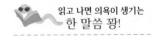
읽고 나면 의욕이 생기는
한 말씀 꽝!

- -

시간의 모든 가치는 모든 사람의 입속에 있으나 실천하는 사람은 거의 없다.

컬러 카드는 심리학적으로도 근거가 있는 기억법이다

하버드 대학에서 영문학을 가르치고 있는 제 친구 한 명은 컬러 카드를 아주 유용하게 사용하고 있습니다. 그는 적, 녹, 황, 백의 네 종류를 용도별로 구분해서 씁니다. 먼저 영문학, 영어에 관한 자료 중에서 오래 보관하고 싶은 자료는 흰색 카드, 영문학 전공 자료가 아니더라도 오랫동안 보관할 것은 녹색 카드, 4개월 정도만 이용할 예정인 자료는 황색으로 통일하고, 마지막 빨간색 카드는 메모 대신으로 사용하다 용도가 끝나면 파기해 버릴 자료에 사용합니다. 네 가지 색깔의 카드가 서재에 나란히 늘어서 있는 모습은 상상하는 것만으로도 즐거워집니다.

색채 심리학의 관점에서도 이런 밝은 계통의 컬러 혼합은 마음을 밖으로 펼쳐 기분을 유쾌하게 만들어 준다고 합니다. 암기에 있어서도 이런 원리를 응용하면 공부의 따분함을 달래는 효과가 있습니다. 일부러 비싼 돈을 주고 사지 않고 자기가 만들어 써도 좋습니다. 단어 카드를 예로 들자면, 카드의 윗부분을 몇 가지 색깔의 매직으로 칠하고 그 아래에 단어와 숙어를 적는 것입니다. 가장 중요한 단어의 컬러 카드부터 중점적으로 시작해, 암기가 끝난 후에는 묶음에서 빼 버리면 색깔의 비율이 변하는 것을 쉽게 알 수 있어서 공부의 진행 상태를 체크할 수 있는 훌륭한 척도가 되기도 합니다.

영어 단어는 해석 부분을 종이로 가리고 암기한다

*영어 단어*를 암기하는 데는 다양한 방법이 있겠지만, 기억이라는 메커니즘을 고려할 때 암기를 확실히 하려면 잊지 말아야 할 테크닉이 있습니다. 단어를 암기했다면 그 뒤에는 반드시 단어장이나 사전의 해석부분을 가린 채 기억한 내용을 재생할 수 있는지를 체크하는 것이 바로 그것입니다.

이것은 기억이 확실하게 정착되었는지를 확인하는 의미 외에도 여러 가지 효과가 있습니다. 기억이라는 것은 나중에 재생을 할 수 있어야 비로소 기억이라고 부를 수 있음은 앞에서도 누누이 강조한 바 있습니다. 결국, 아무리 머릿속에 들어 있다고 하더라도 그것을 재생시켜 다시 기억해 낼 수 없다면 기억이라고 부를 수 없습니다. 특히 시험 직전의 암기에는 이 재생 연습을 철저하게 해둘 필요가 있습니다. 그래야만 시험에서 즉시 의미를 재생해 내어 득점과 연결시킬 수 있기 때문입니다.

　그러기 위해서는 단어를 암기할 때 자기가 얼마나 정확하게 재생할
수 있는지를 체크하는 것이 중요합니다. 재생이 불충분한 것은 종이에
쓰면서 입으로 발음을 해봄으로써 기억을 강화하면 됩니다. 이것은 영
어에만 국한된 암기법이 아닙니다. 모든 과목의 암기 학습에 이런 체크
가 필요합니다. 수험생들 중에는 이 작업을 생략하는 학생들이 많은데,
이래서는 고득점을 기대할 수 없습니다.

영영 사전을 사용하면 영어 특유의 표현을 빨리 습득할 수 있다

미국에서 외국인에게 영어를 가르치는 학교에서는 모국어로 된 사전을 사용하는 것이 일절 금지되어 있습니다. 여러분이 만약 이 학교에 들어간다면 영한사전을 절대 사용할 수 없다는 말입니다. 이것은 영어를 배우면서 그 의미를 자기 모국어로 생각하는 습관을 버리지 못하고 자국어의 발상이 강하게 반영된 영어를 사용하는 것을 방지하기 위해서입니다. 예를 들어 영어의 "It' s wonderful." 이라는 문장을 만날 경우 영한사전에서 wonderful을 찾아보면 '훌륭하다, 멋있다' 등 중학생이라도 당연히 알 수 있는 해석이 기재되어 있습니다. 그러면 '훌륭하다!' 고 말할 때는 "It' s wonderful." 이라고 하면 된다는 식으로만 생각하기 쉽습니다.

그러나 영영사전에서 wonderful을 찾아보면 'marvelous, fabulous, remarkable, admirable' 등의 동의어가 나와 있습니다.

144

그러므로 영한사전에 의존하지 않고 영영사전만을 사용하는 습관을 들여 두면 "It's fabulous."라는 문장도 구사할 수 있게 됩니다. 그만큼 모국어의 영향에서 벗어나 '영어 적 세계'에 빨리 적응할 수 있는 것입니다. 미국의 언어 학교는 원래 미국에 이민 온 사람들의 교육이 주목적이기 때문에 가능한 한 빨리 영어를 습득시키는 것이 중요합니다. 그러기 위해서는 모국어적인 발상과 '격리' 시키는 것이 가장 좋은 방법이라고 생각하는 것입니다. 영영사전만을 사용하게 하는 것도 그런 의도 중의 하나입니다.

이 방법은 꼭 미국에 가지 않더라도, 집에서도 충분히 응용할 수 있습니다. 어떤 내용을 표현할 때 가능한 한 다양하게 표현할 수 있도록 하는 것이 어학 실력을 향상시키는 지름길입니다. 영어사전은 '동의어의 보고(寶庫)'이며 영어 특유의 표현법을 배울 수 있는 최고의 선생님입니다.

또, 항상 영영사전을 사용하면 어휘력을 늘리는 데도 도움이 됩니다. 예를 들어 영한사전에서 money를 찾으면 「돈, 통화(通貨)」 등의 해석이 나와 있습니다. 이것이 영영사전에서는, 'current coin;coin and promissory documents representing it'이라고 설명되어 있습니다. 그러므로 '통화'라는 의미의 current coin과, '약속의'라는 뜻의 promissory라는 단어도 money와 관련시켜 암기할 수 있습니다. 이처럼 여러 단어를 상호 관련지어 암기해 두면, 가령 promissory라는 단어를 잊어도 money를 상기하면 쉽게 기억해 낼 수 있는 가능성이 높아집니다.

영영사전은 사용하기가 성가시다고 생각하는 학생들이 많습니다.

하지만 옛말에도 있듯이 ‘급하면 돌아가라’ 고 했습니다. 처음에는 힘들겠지만 익숙해지면 영어 단어나 문장을 대할 때 동의어나 유사한 표현이 저절로 떠오르게 되므로, ‘영어의 바다’ 에서 자유롭게 헤엄치는 듯한 느낌을 갖게 될 것입니다.

3장

정확하게 암기하는 기억법

암기를 정확하게 할 수 있다면 시간을 월등히 절약할 수 있다.
흐릿한 기억, 알쏭달쏭한 기억은 시간의 낭비를 가져온다.
정확하게 기억하는 법을 이 장에서 소개했다.

암기하려는 대상에 의식을 집중시키면
기억 영상이 또렷해진다

제 친구 중에 강연을 하러 갈 때는 강연장 가까운 곳까지 가능한 한 지하철을 이용하는 사람이 있습니다. 그의 말에 의하면, 지하철안은 바깥 경치가 거의 보이지 않기 때문에 강연 내용을 복습하기에 최적의 장소라는 것입니다. 그것은 아마 암기하고자 하는 대상에 의식을 집중할 수 있기 때문일 것입니다.

심리학에서는 의식의 확산을 '의식의 들'이라고 해서 연극무대에 비교하곤 합니다. 주변으로 갈수록 어두워지는 무대 안에서 단 한점, 연기자가 있는 위치만은 스포트라이트가 비추게 됩니다. 의식의 들 속에서도 이처럼 의식이 유난히 두드러지는 부분을 「의식 초점」이라고 합니다. 기억하고 싶은 대상을 이 「의식 초점」에 맞추면 기억의 흔적이 오래 지속됩니다. 앞에서 언급한 예에 비추어 말하자면, 지하철은 물리적으로도 주변으로부터 격리된 공간이기 때문에 정신을 집중하기가 쉽고 '초점'을 맞추기가 용이합니다. 기억이 선명하고 정확해지는 것은 당연합니다. 공부를 할 때도 마찬가지입니다. 여러 가지 잡다한 환경 속에서, 암기해야 할 대상에 포인트를 맞추고 정신을 집중시키면서 스포트라이트를 비추는 것이 중요합니다. 이렇게 해서 기억의 흔적에 눈 위의 발자국처럼 선명한 선을 새기면, 그 기억은 절대 잊혀지지 않을 것입니다.

정확한 기억을 위해서는 철야보다는 조금 이라도 잠을 자두는 편이 좋다

충분한 준비를 해놓지 못한 상태의 시험 전날 밤에는 1초도 아깝다는 생각이 들어, 잠을 자는 것이 마치 죄악인 것처럼 느껴지는 경우가 있습니다. 한 자라도, 한 페이지라도 더 많이 기억하기 위해 날이 완전히 밝을 때까지 책상에 앉아 있다 보면, 결국에는 한숨도 못자고 아침도 거른 채 헐레벌떡 학교로 달려가는 사태가 벌어지게 마련입니다.

그러나 철야는, 여러분의 기대와는 달리 기억에는 나쁜 영향을 끼칩니다. 잠도 제대로 자지 못하고 밤새워 열심히 암기한 것이 머릿속에서 줄줄 흘러나와 결국에는 사라져 버린다는 것이 심리학 실험에 의해 증명되고 있습니다.

이 실험은 젠킨스와 다렌바크의 실험이라고 불리는데, "공부를 하고 바로 잠든 경우에는 두 시간 동안은 기억이 감소하지만 그 이후에는 감소하지 않는다. 그러나 잠을 자지 않는 경우에는 기억의 감소가 계속

되어 여덟 시간이 지나면 매우 급속한 기억 감소가 관찰된다."는 것이 그 실험에서 나온 결과입니다. 철야가 '정확하게 암기하는 기억법' 의 가장 큰 적이라는 것을 충분히 이해하셨으리라 믿습니다.

공부를 하고 아무 생각 없이 바로 잠을 자면, 수면에 들고 나서 최초 두 시간 동안에는 기억이 감소하지만 그 이후에는 잠이라는 두꺼운 벽이 방패가 되어 기억이 보존되고, 잠이 깼을 때도 80% 정도의 기억을 재생할 수 있습니다. 여기에는 '체제화(體制化)' 라고 해서, 잠이 기억의 흔적을 어느 정도 정리하고 정착시켜 주는 작용이 포함됩니다. 반대로 조금도 잠을 자지 않으면 마치 수도꼭지에서 물이 새는 것처럼 기억이 계속 흘러나오기만 합니다.

밤새 눈을 뜨고 있으면, 아무리 조용한 방에 있어도 외부의 잡다한 자극이 오감을 건드리게 됩니다. 지루함을 달래기 위해 음악이라도 들으면 자극이 더욱 강해집니다. 이런 자극이 이미 축적된 기억을 억제하게 됩니다. 이렇게 각종 자극 속에 기억이 매몰되어 사라져 버리는 현상을 심리학에서는 '억제 효과' 라고 부릅니다.

따라서 밤샘 공부를 할 경우에는, 아무리 많은 양을 기억했다 하더라도 효율의 원칙에서 볼 때 거의 대부분이 잊혀질 가능성이 농후하다는 점을 유념해야 합니다. 열 개를 암기했는데 한숨도 자지 않아 두 개밖에 남지 않는 것보다는, 가령 그 반의 시간에 다섯 개밖에 암기하지 못했다 하더라도 충분한 수면 덕분에 네 개를 보존할 수 있다면 효율 면에서 얼마나 큰 차이가 나겠습니까?

시험 전날의 흥분이나 불안은 누구에게나 있게 마련입니다. 여러분만 불안한 것이 아닙니다. 그런 걱정 때문에 잠이 오지 않을 때는, "잠이 기억을 도와준다. 잠을 잠으로써 다른 친구들과 격차를 둘 수 있다"고 자기 암시를 하면서 잠을 청하는 것도 한 방법이 될 수 있습니다. 또 어쩔 수 없이 밤샘을 해야 할 때는 적어도 '밤샘' 보다는 조금이라도 자두는 것이 플러스가 된다는 것은 두말할 필요도 없이 자명한 사실입니다.

고생해서 푼 문제일수록 정확하게 기억된다

수학이나 물리가 자신 없는 학생들은, 어려운 문제가 닥치면 별로 생각도 해보지 않고 바로 해답을 펼쳐보는 경우가 많습니다. "아 그렇구나, 의외로 너무 쉽잖아." 하고 자기 마음대로 해석하고 다 이해한 것으로 생각해 버리는 것입니다. 그러나 이것은 절대 용납되지 않습니다. 이런 식으로 대충대충 넘어간 것은 조금만 시간이 흐르면 완전히 잊어버리고 맙니다. 이에 비해 해결하기까지 수많은 시행착오를 거듭하면서 고생스럽게 답을 도출한 문제는 상당한 시간이 지나도 기억에 선명하게 남습니다. 이것은 단지 시간을 많이 들였다거나, 고생하면 보답을 받는다는 격언 차원에서가 아니라, 두뇌의 활동상 대충대충 넘어가는 경우에 비해 커다란 차이가 있기 때문입니다.

여기에 대해서는 독일의 심리학자 켈러의 유명한 실험이 있습니다. 침팬지 우리 안에 상자를 넣고 그것을 발판으로 삼아 천정에 매단 바나나를 따게 하는 실험이었습니다. 이것은 침팬지에게 있어서는 대단히 어려운 일로서, 처음에 그 침팬지는 발판을 의자로밖에 취급하지 않습니다. 하지만 요모조모 바나나를 얻기 위한 시행 착오를 반복하던 중에 어떤 '번뜩임'이 느껴졌는지 발판을 바나나에 접근시키는 방법을 발견하게 되었습니다. 그때까지는 우리 안을 돌아다니면서 발판에 걸터앉기만 하던 침팬지가 갑자기 발판에 올라서더니 바나나에 손을 뻗었던 것입니다.

심리학에서는 이런 변화를 '인지 구조의 변화'라고 부르는데, 일반적으로는 한 사물이 지금까지와는 완전히 다른 기능을 가지는 것으로 인지되는 경우를 말합니다.

침팬지의 경우와 공부를 완전히 동일선상에 놓고 생각할 수는 없는 일이겠지만 기본적으로는 마찬가지입니다. 시행착오를 거듭하는 동안 "아 그렇구나!" 하는 번뜩임으로 문제를 풀게 되면, 문제를 해결하는 '통찰력'이 생김과 동시에, 그 문제가 어떤 구조로 이루어져 있고, 어디에 해결의 열쇠가 있는지를 구조적으로 정확하게 이해할 수 있게 됩니다. 단순한 감이나 요행으로 문제를 푸는 경우와는 달리. 포인트를 정확하게 집어 그 문제를 본질적으로 이해할 수 있게 됩니다. 지금까지 완전한 암흑이기만 했던 것이, 한 줄기 빛이 나타나 '해결법'을 비추는 것 같은 느낌이 들게 되는 것입니다.

이렇게 되면 단지 한 번만의 경험으로도 선명하게 기억이 새겨집니다. 아무리 기초적인 공식이라도 단순한 공식으로서 무작정 암기하지 않고 고생스럽더라도 스스로 증명해 보면 쉽게 이해할 수 있는 것도, 공식을 단순한 '형태'로서가 아니라 구조로서 받아들일 수 있기 때문입니다.

154

제한 시간을 정해 집중력을 높이는 것도
효과적인 방법이다

학회나 심포지엄에서 연구 발표를 하기로 되어 있으면, 오랫동안 준비를 했음에도 불구하고 마지막 마무리가 잘 되지 않는 경우가 있습니다. 이러다가는 큰일 나겠다는 불안 때문에 아예 일이 손에 잡히지 않는 경우도 있습니다. 그런데 신기하게도 발표일이 다가오면 반대로 불안감보다는 긴장감이 높아지고 뭔가 짜릿한 느낌이 들면서 집중력이 생기는 것입니다. 회의장으로 향하는 차 안에서, 그때까지 마음속에 걸려 있던 문제점이 갑자기 해결되면서 원고 전체가 머릿속에서 깨끗이 정리되는 경우도 있습니다.

제한 시간이 주어지면 우리 인간의 두뇌는 그것에 대해 '배수의 진'을 칩니다. 두뇌의 모든 기능이 암기해야 할 대상에 대해 집중력을 발휘하는 것입니다.

연극배우들로부터 자주 듣는 얘기인데, '공연 일까지 앞으로 며칠'

이라고 초읽기가 시작되면 대사를 외우는 능력이 급격히 향상되고, 드디어 공연일이 닥치면 '공연까지 앞으로 몇 시간' 이라고 스스로에게 채찍질을 해가면서 최종 준비에 열을 올린다고 합니다.

능률이 오르지 않을 때는 '초읽기' 를 하는 기분으로 제한 시간을 설정하면 피치를 올리는 데 큰 도움이 됩니다.

꼭 암기해야 할 것은 '○○의 날'을 정해 집중적으로 암기한다

제가 잘 아는 어떤 주부는 아이들에게 공부를 가르칠 때, 오늘은 '시계의 날' 내일은 '전화의 날'이라는 식으로 매일 한 가지씩의 내용을 집중적으로 가르칩니다. 그렇다고 해서 아이들을 책상 앞에 앉혀 무리하게 주입시키는 것이 아니라, 일상생활 속에서 시계를 보는 방법, 전화를 걸고 받는 방법을 가르칩니다. 아이들의 흥미를 끄는 데도 효과적이지만, 가르친 내용을 이용할 수 있는 모든 대상을 이용해서 복습시킬 수 있다는 점에서, 이 방법을 개발하기 전까지는 상당한 노력이 들었을 것이라는 점을 알 수 있습니다.

이것은 유치원생이나 초등학생들에게만 해당되는 것이 아닙니다. 대입을 앞두고 있는 여러분들도 얼마든지 훌륭하게 응용할 수 있습니다.

공부의 방법에는 크게 집중법과 분산법, 두 가지가 있습니다. 앞에서 말한 주부의 예는 전형적인 집중법으로서, 한 가지 과목을 짧은 시간에 집중적으로 가르치는 방법입니다. 이와 마찬가지로 여러분도, 무슨 일이 있어도 꼭 암기해야 할 것이 있으면, 'ㅇㅇ의 날' 보다 체계적으로 파악해야 할 것은 'ㅇㅇ의 주일' 이라는 식으로, 하루 내지 주일 단위로 과제를 정해 타성에 흐르기 쉬운 지겨운 입시 공부에서도 운영의 묘를 발휘할 수 있습니다.

이 방법의 또 다른 이점은, 공부의 목표가 명확해지기 때문에 집중에 대한 긴장감이 생겨 암기의 능률을 높이는 데도 큰 효과가 있다는 점입니다. 한 번 시도해 볼 가치가 있는 방법입니다.

ONCE MORE 「ㅇㅇ의날」을 정하는 것은 집중법과 분산법, 두 가지 암기 방법 중 집중 법을 이용한 암기법입니다.

암기해야 할 것을 분류 정리하는 것이 정확한 기억의 첫걸음이다

다음의 열 개의 단어를 암기해 봅시다. 개, 모자, 고양이, 벽시계, 테이블, 옷장, 안경, 잉꼬, 신발, 반지. 물론 그대로 암기하는 방법도 있지만, 보다 외우기 쉽게 하려면 이 단어들을 분류하고 정리하는 것이 좋습니다.

동물=개, 고양이, 잉꼬. 몸에 지니는 물건=모자, 안경, 신발, 반지. 집 안에 있는 물건=벽시계, 옷장. 이렇게 분류한 다음에 각 카테고리 별로 암기하면 훨씬 빠르고 정확하게 암기할 수 있습니다. 왜 그럴까요?

인간의 두뇌는 옷장과 유사해서 수많은 서랍이 달려 있습니다. 외부에서 유입된 정보가 알맞은 서랍으로 들어가는 경우, 훨씬 정확하고 오래도록 보존됩니다. 심리학에서는 이것을 '관계 상자(frame of reference)' 라고 부릅니다. 어떤 정보라도 적절한 서랍으로 들어가기만 하면 자유롭게 꺼낼 수 있습니다. 즉 기억 재생이 용이해지는 것입니다.

　음악가 멘델스존은 17세 때 베토벤의 교향곡 제9번의 초연을 본 후, 집에 돌아오자마자 전곡을 악보에 옮겨 적어 모든 사람을 놀라게 했다고 합니다. 아마 멘델스존의 머릿속에는 음감이 뛰어난 서랍이 있어서 그 안에서 음이 엄밀하게 분류되어 저장된 것이 아니었을까요? 기억이 좋은 사람은 이 '관계 상자'를 잘 정리하는 사람입니다. 기억이 나쁜 사람은 서랍 속에 잡다한 것들이 제멋대로 뒤섞여 있다고 할 수 있겠습니다.

　이런 식의 정리가 가능하다면 암기는 끝난 것이라고 해도 과언이 아닙니다. 그러므로 평소부터 분류와 정리의 습관을 들이면 점차 '관계 상자'가 정비되어 기억의 입출력을 자유롭게 컨트롤할 수 있게 됩니다.

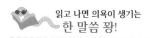
읽고 나면 의욕이 생기는
한 말씀 꽝!

다른 사람에게 자신의 이야기를 하지 말라. 그 대신 그들로 하여금 그들 자신에 관하여 이야기하게 하라. 거기에 기뻐하게 하는 모든 기술이 있다.

암기 대상의 난이도를 일정 색깔로 구분해 두면 복습이 용이하다

얼마 전에 우연히 탄 기차 안에서 수험생으로 보이는 학생이 열심히 참고서를 읽고 있는 것을 보았습니다. 슬쩍 훔쳐보니 그 학생의 참고서는 정말 컬러풀했습니다. 빨강, 파랑, 노랑, 녹색, 심지어는 핑크색 사인펜까지 사용해서 정말 아름답게 내용을 구분해 놓아, 보기만 해도 공부할 의욕이 생길 듯한, 마치 그 학생을 위해 주문 제작한 것 같은 책이라는 느낌마저 들었습니다.

'컬러 카드' 라는 항목에서 이미 서술한 바와 같이, 색 구분은 기억에 매우 유용한 수단입니다. 이 수험생과 같이 대여섯 가지 색을 사용하지 않아도 좋습니다. 여러분도 최소한 빨강, 파랑, 노랑의 세 가지 색정도를 효과적으로 사용해서 복습, 암기용 참고서를 만들어 보는 것은 어떻겠습니까?

빨강, 파랑, 노랑, 이 삼색은 교통 신호와 같은 색입니다. 교통 신호에서 빨강은 위험, 파랑은 안전, 노랑은 주의를 뜻합니다. 그 의미를 참고서나 노트의 기재 사항 분류에 그대로 적용할 수 있습니다. 예를 들어, 빨강은 중요한 사항 중에서도 아주 틀리기 쉬운 부분이나 여간해서는 외워지지 않는 것, 노랑은 애매해서 확실히 기억하지 않고 있는 것, 파랑은 한두 번 훑어보기만 하면 충분한 것, 이런 식으로 색깔 분류를 해보십시오. 그러면 자기 나름대로의 암기 난이도가 일목요연하게 드러납니다.

이렇게 해두면 복습할 때 어느 부분에 포인트를 두면 좋을 것인가 하는 '전략'을 바로 세울 수 있습니다. 시간이 모자랄 때는 빨간색 부분만 집중해서 할 수가 있고, 여유가 있을 때는 노란색 부분에도 시간을 할애할 수 있습니다. 마지막으로 파란색 부분은 한 번만 훑어보면 충분하기 때문에, 아무런 전략 없이 단조롭게 읽어가는 것과 비교할 때, 역점을 두어야 할 부분과 그렇지 않아도 될 부분이 확연해지는 장점이 있어서 훨씬 능률적으로 복습할 수가 있게 됩니다.

검은 활자뿐인 단조로운 참고서나 틀에 박힌 2색, 3색 인쇄의 책에 비해, 자기 손과 머리로 다채롭고 다양하게 분류한 책은 애착심에 있어서도 큰 차이가 있습니다.

역사상의 인물은 가까운 사람과 연결시켜 기억하라

여러분은 소크라테스, 플라톤, 나폴레옹, 이순신 장군, 세종대왕 등의 역사상 위인들 중 누구에게 친근감을 느낍니까? 아마 이순신 장군이나 세종대왕일 것입니다. 소크라테스나 나폴레옹의 이름은 깜박 잊는 경우가 있어도 이순신 장군이나 세종대왕은 결코 잊는 법이 없을 것입니다. 왜 그럴까요?

소크라테스와 플라톤은 훨씬 과거의 인물이고, 나폴레옹은 시대적으로는 그리 오래되지 않았지만 외국인이기 때문에 역시 그리 친근감이 생기지 않을 것입니다. 그에 비해 이순신 장군이나 세종대왕은 모두 우리나라 최고의 위인들이고 세종대왕은 우리가 쓰고 있는 한글을 창제하신 분이요, 이순신 장군은 국난의 위기를 구제한 영웅입니다. 이분들의 이름은 학교에 들어가지 않은 어린이들조차 어려서부터 셀 수 없을 정도로 듣습니다. 자기 생활과 밀접도가 높은 인물일수록 친근감이 강해 외우기 쉬워지는 것이 이치입니다.

　그러므로 역사상의 인물에 대해 암기할 때는, 역으로 의식적으로 가까운 사람과 연결시키는 것이 효과적입니다. 이렇게 하면 멀고 소원한 존재였던 인물과의 심리적인 거리가 단축되어 훨씬 쉽게 기억에 정착시킬 수 있게 됩니다.

연령별로 알맞은 기억법이 있다

초등학생이 구구단을 외울 때는 "이이는 삼, 이삼은 육" 식으로 기계적으로 외워도 기억이 잘 됩니다. 그러나 대입 수험생이 화학 방정식을 암기할 때 초등학생과 같은 방법을 이용하는 것은 잘못입니다. 사람은 연령에 따라 기억 방법이 다르기 때문에 연령에 맞는 기억법을 택하는 것이 합리적입니다.

어느 학자의 연구에 의하면 남자는 열세 살, 여자는 열한 살이 되면 기계적인 암기력이 감소하고 구조적인 기억(의미나 논리에 입각한 기억)이 그것을 대신하기 시작한다고 합니다. 즉, 중고생에게는 기계적 암기보다 내용을 이해하면서 암기하는 것이 그 연령의 기억패턴에 합치된다는 것입니다. 화학 방정식을 공부할 경우에도, 그 방정식이 도출되는 과정부터 시작하는 것이 훨씬 합리적입니다. 또 연령이 높아질수록 청각에서 시각으로 감각의 우선순위가 바뀝니다. 초등학교, 중*

고학년을 경계로 시각적으로 암기하는 것이 청각적인 암기보다 쉬워진다는 합니다. 앞에서 예를 든 구구단 외우기는 이런 의미에서 초등학교 저학년까지의 '청각 우위 시대'의 암기법입니다.

대학에서 강의를 들으면서 테이프 리코더에 녹음을 하는 학생들을 자주 봅니다. 이것은 대학생 연령에 있어서의 기억법으로서는 비능률 그 자체입니다. 녹음을 재생하는 데 시간이 걸릴 뿐만 아니라 청각에만 의지하게 되기 때문에 말하는 사람의 표정이나 몸짓, 칠판의 그림 등에 무관심해지기 쉽습니다. 그보다는 강의에 귀를 기울이면서, 단순히 메모만 할 것이 아니라 강의 내용을 이해하기 쉬운 그림이나 도표로 만들어 보면 훨씬 기억이 촉진됩니다. 그러므로 수험생 여러분들은 단순히 듣고 기억하지만 말고, 내용을 이해하고 시각 정보를 동원해서 알기 쉽게 자신이 재구성해서 암기하는 것이 보다 합리적입니다.

ONCE MORE 기계적인 암기력이 감소하고 구조적인 기억이 그것을 대신하기 시작하는 나이가 되면 이젠 이해하면서 암기하는 요령이 필요합니다.

166

유사한 내용은 먼저 차이점을 구별하라

제가 아는 레스토랑 중에 '잭의 콩나무' 라는 곳이 있습니다. 저뿐만 아니라 다른 손님들도 한 번만 들으면 그 이름이 잊혀지지 않는다고 합니다. 이것은, 동화 《잭과 콩나무》와 한 자만 다르기 때문에 그것이 기억을 선명하게 해주는 역할을 하는 것이 분명합니다.

'잭의 콩나무' 는 《잭과 콩나무》와 거의 비슷합니다. 그럼에도 불구하고 한 자만 다르다는 점이 명확한 대비를 이루고 있기 때문에 양자를 구별해서 기억할 수 있는 것입니다. 이처럼 비슷한 것들을 암기할 때는 그 차이점을 명확하게 구별하면 정확하게 기억할 수 있습니다.

요즘은 컴퓨터를 사용하는 중고생이 상당히 많습니다. 여러분들도 사용해 보시면 알겠지만, 컴퓨터란 물건은 정전이 되거나 고장이 났을 때를 제외하고는 절대 거짓말을 하지 않습니다. 이것은 즉 컴퓨터 사용자가 명령어를 넣을 때 단 한 자만 실수를 해도 컴퓨터는 그 명령을 실행하지 않는다는 것과 통합니다.

인간의 몸에서 컴퓨터에 해당하는 두뇌 역시 마찬가지입니다. 어렴풋한 정보를 입력하면 제대로 작동되지 않습니다. 그러므로 이런 두뇌를 보다 효과적으로, 정밀한 기억 장치로 활용하기 위해서는 그에 합당한 입력 방법이 필요한 것입니다.

정확한 기억술

❶ 숫자에 의미를 부여하면 정확하게 기억된다

❷ 반복 학습이 정확한 기억을 보장한다.

정확한 기억술

❸ 암기해야 할 것을 분류, 정리하는
것이 정확한 기억의 첫걸음이다.

❹ 복잡한 것은 잘게 나누어 암기하면
확실한 기억이 된다.

잊기 쉬운 것들은 깜빡 노트를 만들어 정리한다

영어 단어든 수학 공식이든, 상당히 어려운 문제인데도 쉽게 외워지는 것이 있는가 하면, 몇 번씩 들여다보아도 정확하게 이해되지 않는 것이 있습니다.

이것은 기억 대상에는 일종의 '상성(相性)'이 있어서, 한 번만 보면 다시는 잊혀지지 않는, '상성이 좋은' 것과, 여러 번 반복해도 여간해서는 외워지지 않는 '상성이 나쁜' 것이 있기 때문입니다. 이런 '상성이 나쁜' 대상을 정복해야만 비로소 그 과목에 대한 이해가 완전해지고 정확하게 기억하는 것이 가능해집니다. 그러기 위해서는 어떻게 해야 될까요?

이미 앞에서도 여러 번 강조했다시피, 기억을 명확히 하기 위해서는 반복 학습이 필요합니다. 그래서 제가 권하는 싶은 것이, 이렇게 '상성이 나빠' 잘 기억되지 않는 것만을 모아 노트를 만들어 보라는 것입니다. 이렇게 만든 노트를 항상 몸에 지니고 다니면서 통학 버스나 전철 안에서 시간 날 때마다 복습하십시오.

물론 '상성이 나쁜' 것들이기 때문에 그렇게 간단히 기억되지는 않을지 모릅니다. 하지만 여러 번 보다 보면 그것이 어느새 '상성이 좋은' 것으로 변화되어 머릿속에 정착되기에 이를 것입니다.

잊기 쉬운 것들은 몇 페이지 앞에 미리 적어두면 좋다

'상성이 나쁜' 것들을 암기하기 위해서는 앞에서 소개한 것처럼 전용 노트를 만들어 두는 것도 좋은 방법이지만, 시험이 며칠 앞으로 다가와 여유가 없을 때는 그렇게 느긋한 기분으로 공부할 수는 없는 노릇입니다.

그럴 때 꼭 권하고 싶은 방법이 있습니다. 나올 때마다 보면서도 자꾸만 잊어버리는 것들을, 그날 공부할 문제집이나 참고서의 몇 페이지 앞에 미리 적어두는 방법입니다. 그렇게 해두면, 그 페이지까지 진도가 나갔을 때, 비록 보기 싫어도 그 내용이 눈에 들어오기 때문에 여기서 조금만 시간을 들여 미리 체크할 수가 있습니다.

시험 직전이 되면 한 과목을 몇 번이나 반복할 수 있는 여유는 없습니다. 그러므로 이럴 때는 앞에서 소개한 방법이 상당한 노력을 절약해 줄 수 있습니다. 이 방법은 또 하나, 시험에 대비한 '전략적' 효과도 있습니다. 그것은 한 가지를 기억하는 경우 그것을 한 달간 기억해 두는 것과 일주일 동안만 잊지 않도록 하는 것과는 필요한 노력에서 상당한 차이가 있기 때문입니다.

즉, 시험이 일주일 정도 앞으로 닥쳐오면 하나를 그렇게 같이 공부할 필요는 없습니다. 여유가 있을 때는 열 번 반복했을 것도 이럴 때는 두 번 정도면 그런 대로 효과가 있기 때문에 시험에는 충분히 대응할 수 있을 것입니다. 하지만 이 정도만으로는 도저히 외워지지 않는 극도로 '상성이 나쁜' 것들이 있을 때는 이런 것들만 모아서 '깜박 노트'를 만드는 것이 좋을 것입니다.

ONCE MORE 나올 때마다 보면서도 자꾸만 잊어버리는 것들은 그날 공부할 문제집이나 참고서의 몇 페이지 앞에 미리 적어두면 효과적입니다.

174

외울 영어단어를 우리말과 섞어서
사용하면 기억이 강화된다

광복 후 우리말에 대량의 외래어(특히 영어)가 흘러들어온 것은 주지의 사실입니다. 그러므로 우리말에 영어를 비롯한 외래어가 뒤섞여 사용되고 있어도 이상한 생각이 드는 경우는 거의 없습니다.

이런 현상을 이용해, 자기가 기억한 영어 단어를 우리 말 속에 섞어서 사용해 보는 것도 기억을 명확하게 하는 데 효과적인 방법이 될 수 있습니다. 국어 순화 운동에 역행하는 처사라서 마음이 내키지 않는다면, 같이 공부하는 친구들끼리만 이 방법을 이용할 수 있습니다. 서로에게 자극을 줄 수도 있고 다른 사람의 눈을 의식하지 않아도 되기 때문에 별 거부감이 생기지 않을 것입니다.

이런 방법을 실행할 때는 우리 말 문맥 속에서 이미 빈번하게 사용되고 있는 단어부터 시작하는 것이 좋습니다. 그런 단어 중에 정확하게 이해하지 못하고 있는 것들이 의외로 많은 법입니다. 예를 들면

paradox, dogma, logic, authority, orthodox 등이 있을 것입니다. 여러분들은 이 단어들의 의미를 얼마나 정확하게 이해하고 있습니까?

이런 단어들을 사용할 때는 스펠링을 떠올림과 동시에, "정확한 의미가 뭔가?"라고 자문해 볼 필요가 있습니다. "저 사람은 logic이 강하다."라고 말하는 경우는, logic의 가장 중요한 뜻 중의 하나가 논리(論理)라는 것을 알 수 있습니다. 이럴 경우 여기에서 만족하지 말고 logic에 논리 이외의 뜻이 있는지를 알아볼 필요가 있습니다. 실제로 흔히 사용하고 있으면서도 그것이 입에 붙어버렸기 때문에 정확한 의미를 생각하지 않고 어렴풋하게만 알고 있는 단어들을 이런 식으로 완전하게 자기 것으로 만들 수 있습니다.

이런 방법에 익숙해지면 일상적인 생활 용어 전반에 영어를 섞어서 사용하는 것이 좋습니다. 물론 아무 것이나 마구 사용하다 보면 오히려 영어가 외국어라는 느낌이 들지 않아 기억 영상이 약해지기 쉬우므로 이 점에는 주의할 필요가 있습니다. 또 꼭 입 밖으로 말을 하지 않아도 걸을 때나 버스를 기다릴 때 머릿속에 떠오르는 생각들을 영어로는 어떻게 표현하는 것이 좋을까 궁리해 보는 것도 좋은 방법입니다.

이렇게 하다 보면 영어 실력 향상에 빠뜨릴 수 없는 영어로 생각하는 습관을 기를 수도 있기 때문에 일석이조의 효과도 얻을 수 있습니다. 또 일상생활에서 사용하는 문장들 속에 외래어가 있으면, 원어의 스펠링과 의미를 확인해 보는 것도 좋은 방법이 될 수 있습니다.

영작문이나 고문 등은 역방향으로 암기하면 보다 효과적이다

*참고서*를 한 권도 보지 않고 교과서만으로 발군의 성적을 거둔 한 고교생으로부터 그 '비결'을 들은 적이 있습니다. 그 학생의 공부법은, 한마디로 말하자면 '역방향 학습법'이라고 이름붙일 수 있겠는데, 실로 기억의 원리를 기막히게 잘 적용한 예였습니다. 영어의 예를 들어 그 비결을 소개해 보겠습니다.

먼저 큰 노트의 한쪽 페이지에 교과서의 문장을 한 행씩 깨끗이 옮겨 씁니다. 다음에 모르는 단어나 숙어의 밑에 빨간색 펜으로 밑줄을 그어놓습니다. 그리고는 다른 한쪽 페이지에 그 문장의 번역문을 역시 한 줄씩 영문과 대응하도록 씁니다. 다음날 그 노트를 학교에 들고 가서 수업 시간에는 번역이 잘못된 부분을 고치는 데 집중하고, 집에 돌아와서는 이 노트를 충분히 활용합니다. 해석만 보고 영작문을 할 때도 있고, 또 때로는 번역문 속의 단어나 표현을 영어로 기억해 내는 훈련을 하기도 합니다. 그 학생은 이런 방법 중에서 특히 국어 번역문을 영어로 재작문하는 연습을 7대3 정도의 비율로 했다고 합니다.

영어 과목 중에서 누구나 제일 힘들어하는 것은 역시 작문입니다. 수업 시간에는 영어를 우리말로 해석하는 공부만 하기 때문에 아무래도 영작은 약하게 마련입니다. 그 학생은 이런 약점을 잘 알고 있어서 교과서 한 권만으로도 그 약점을 충분히 커버한 것입니다. 제가 감탄한 것은, 영작에 중점을 두고 있다는 사실보다는 그의 학습법이 심리학적인 면에서도 매우 합리적이라는 점입니다.

학습 심리학에는 "기억은 암기한 순으로 재생하는 것이 쉽다."는 '재생 편향(偏向)의 법칙'이라는 것이 있습니다. 예를 들어, 영작문 보다 영문 해석이 더 자신 있는 사람이 많은 것은, 영어→우리 말 방향으로 학교 교육이 이루어지고 있기 때문입니다. 이 방향성을 역전시키면 영어에 대한 이해도가 높아지고 기억이 강화되면서, 결과적 원리를 이용해서 우리 말 해석을 보고 영어 단어를 생각해 내는 훈련을 하게 되면 더 좋은 성과를 올릴 수 있습니다.

다른 과목도 마찬가지입니다. 고문을 예로 들자면, 현대어를 고문으로 바꾸는 연습을 하는 것입니다. 역사 과목의 경우라면, 1789년은 프랑스 혁명의 해라고 암기하는 한편, "프랑스 혁명은 몇 년에 일어났는가?"라는 식으로 역방향에서 생각해 보는 것도 기억을 강화하는 방법입니다. 수학 공식을 그것이 도출되는 과정에서부터 고찰하라는 것도 같은 이유에서입니다. 이 방법의 효과는 여러분의 성적이 증명해 줄 것입니다.

초기의 실수를 반복하지 않기 위해서는 여유를 두고 사고의 흐름을 바꾼다

제 친구 한 명이 초등학교 때 이런 일이 있었다고 합니다. 그의 형이 사람을 잘못 알아본 적이 있습니다. 그래서 그는 "눈이 착각을 일으켰다."라고 말을 했는데, 그의 형은 "착각은 눈만 하는 게 아니다. 그러니까 눈의 착각이란 말은 틀린 말이다." 라고 지적해 주었다고 합니다. 그 이후 그는 어떤 경우에도 '눈의 착각' 이란 말은 쓰지 않게 되었다는 이야기였습니다.

최초에 잘못된 것을 기억하게 되면 항상 그것이 고정화 되어 버릴 위험이 있습니다. 특히 공부 초기에는 잘못 암기하거나 착각을 하는 경우가 많습니다. 이렇게 처음부터 잘못된 기억은 의외로 오랫동안 남는 경향이 있습니다.

처음 보는 영어 단어의 발음이나 스펠링을 외울 때 운 나쁘게 잘못 암기해서 자꾸만 실수를 반복하게 될 때는 그대로 두지 말고 잠시 휴식을 취해보십시오.

　이렇게 의식의 흐름을 바꾸지 않으면 그 실수가 고착되어 버려 쉽게 지울 수 없기 때문입니다. 잠시 시간이 흐른 후 다시 시작하면 그때가 새로운 '시작'으로 의식되기 때문에, 앞의 기억으로부터 영향을 받아 암기에 장애를 초래하는 '순방향 억제'의 방해를 받지 않고 다시 정확하게 기억할 수 있습니다.

숫자의 의미를 부여하면 정확하게
암기할 수 있다

한 번밖에 듣지 않은 전화번호를 쉽게 기억하는 사람이 있는가 하면, 자기 회사의 전화번호조차 잊어버리는 사람도 있습니다. 이것은 머리의 좋고 나쁨이 아니라 기억 방법에 문제가 있는 것입니다. 숫자를 잘 기억하는 사람은 그것을 단순한 기호로 생각하는 것이 아니라 어떤 의미를 부여합니다. 야구의 0.354(3할5푼4리)라는 극히 추상적인 숫자를 어린아이가 한 번만 듣고도 기억하는 것도, 그것이 자기가 좋아하는 선수의 타율이라는 나름대로의 의미를 가지고 있기 때문입니다.

1392이라는 전화번호를 예로 들어봅시다. 이 상태만으로는 쉽게 외워지지 않습니다. 하지만 역사에 흥미가 있는 사람일 경우 이것이 조선이 창건된 해라는 의미를 부여하면 간단하게 암기할 수 있습니다. 역사적 사건의 연도를 외우는 것이 고역이라는 학생들이 많습니다.

이럴 때는 무조건 암기하려고 할 것이 아니라 그 연도에 의미를 부여해 보는 것입니다. 그러면 신기하게도 쉽게 외워진다는 것을 알 수 있습니다. 숫자에 약하다는 사람은, 이런 의미 부여를 태만히 하고 단지 무조건 암기하려고만 하기 때문입니다. 자기가 좋아하는 일과 관련을 지어 숫자에 의미를 부여하면 거북하게만 느껴지던 숫자가 술술 외워질 것이 틀림없습니다.

친숙한 물건을 가까이 두면 기억의
입출력이 용이해진다

저는 입시 당일에는 가장 익숙한 옷을 입고 손에 익은 필기도구를 지참할 것을 권합니다. 가령 지우개 하나만 하더라도 항상 써오던 것은 편리할 뿐만 아니라 자기 몸의 일부분 같은 기분을 느낄 수 있기 때문에 마음을 안정시켜 주는 효과가 있습니다.

암기를 할 때도 이와 마찬가지입니다. 평소부터 친숙하게 사용해온 물건들을 가까이 두면 이상하게도 마음이 편안해지고 암기가 잘 됩니다. 기분을 편하게 해주고 즐거운 느낌을 주는 것이라면 무엇이라도 상관없습니다.

미국에서 초등학교에 갓 입학한 학생들에게 어릴 때부터 애용하던 담요를 옆에 두고 공부하게 한 결과, 그렇지 않았을 때와 비교해 훨씬 좋은 암기율을 보였다는 실험 결과도 있습니다.

담요나 인형과 같은 애용품은 자기의 분신과 같아서 심리학에서 말하는 '연장 자아'에 해당됩니다. 그것이 있음으로 해서 자아가 확대되고 자기를 자유롭게 할 수 있는 범위가 확대되는 느낌이 들어 집에 있는 듯이 편안한 기분이 되는 것입니다. 마치 밖에서 집으로 돌아왔을 때 편히 쉴 수 있는 기분과 마찬가지라고 할 수 있습니다. 자기에게 친숙한 물건으로부터 따뜻한 보호를 받으면 긴장이 풀리고 무엇이라도 할 수 있을 것 같은 자신감이 생겨 그것이 기억을 촉진시킵니다.

이것은 암기한 지식을 재생할 때도 해당됩니다. 암기한 내용을 기억해 낼 때 먼저 그때의 상황부터 상기하면 그것과 관련해서 그때 무엇을 암기했던가가 자연히 떠오릅니다. 애용품이 기억 재생의 계기로서의 기능을 하는 것입니다.

특히, 다음날 아침까지는 어떤 수를 쓰더라도 외워야만 하는 급박한 경우에는 긴장이 기억을 억제할 수도 있습니다. 이럴 때는 익숙한 물건을 책상 위에 올려놓고 기분을 편안하게 가지면서 긴장을 푸는 것입니다. 짧은 시간을 보다 유효하게 활용할 수 있을 것입니다.

ONCE MORE 긴장이 기억을 억제할 때 친숙한 물건을 옆에 두면 기분이 편안해지면서 기억력을 높일 수 있습니다.

184

잘 틀리는 것은 일부러 틀림으로써 정확하게 기억할 수 있다

단어의 스펠링을 계속 틀릴 때는 그 상태로 반복하지 말고 잠시 휴식을 취하는 편이 좋다는 말을 했습니다. 이번에는 좀 무식하게 느껴질지 모르겠지만 실제로 효과적인 방법 하나를 소개하겠습니다. 시종 일관 틀리기만 하는 것은 일부러 틀리게 해보면 신기하게도 더 이상 틀리는 일이 없다는 것을 증명한 사람이 있습니다.

미국의 심리학자 던롭은 타이핑을 할 때 정관사 the를 hte로 잘못 치는 버릇이 있어서 고민이 많았습니다. 평소에 타자를 칠 때는 별로 틀리는 법이 없는데 조금 서두르면 곧바로 오타가 나는 것입니다. 그는 이 습관을 고쳐보려고 앞으로는 절대 틀리지 않겠다고 마음속으로 다짐해 가며, 일부러 타이프 용지 한 장 반이나 되는 분량에 hte라는 틀린 스펠링을 쳐댔습니다. 이렇게 오자 연습을 계속한 결과 석 달이 지나자 다시는 그 단어를 실수하지 않게 되었다고 합니다.

스스로도 깜짝 놀란 그는 그런 일이 자기에게만 통용되는 것인지 아닌지를 확인하기 위해 속기 학원의 수강생들에게도 같은 실험을 해보기로 했습니다. 그러자 정확한 철자만 연습시킨 경우보다는 '실수'를 확실하게 의식시켜 가면서 연습시킨 경우가 효과가 좋다는 것이 실증되었습니다.

　　상식적으로 보면, 틀리는 것을 많이 연습하면 그것이 강한 기억으로 고정되어 버릴 것이라고 생각하기 쉬우나 의외로 결과는 정반대였던 것입니다. 이것은 학습 목표에 적합하지 않은 동작, 즉 틀린 동작이 일부러 그 실수를 반복함으로써 학습 목표에 적합한 동작과 확연히 구별되어, 그 결과 목표에 적합한 동작만이 남게 되기 때문이라고 생각됩니다.

　　물론 기억은 처음부터 정확하게 하는 것이 제일 좋습니다. 그러나 아무리 정확하게 암기하려 해도 자꾸 틀리는 경우에는 의식적으로 같은 실수를 반복하면 반대로 정확한 기억이 우세해지게 됩니다. 영어처럼 '깜박 실수'가 많은 과목은 이 방법을 활용하면 의외로 활로가 열리는 경우가 있습니다.

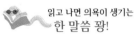
읽고 나면 의욕이 생기는
한 말씀 꽝!

아무리 어렵더라도 올바르게 보이는 길을 선택하라. 몸도 실천하다 보면 익숙해지고 즐겁기까지 할 것이다.

정확한 기억술

❶ 유사한 고유 명사 등은 차이점부
터 명확하게 구별한다.

❷
잊기 쉬운 것들을 모아 깜빡 노트
를 만들어 반복 암기한다.

187

정확한 기억술

❸

정확하게 암기하려면 철야보다는 조금이라도 잠을 자두는 것이 좋다.

❹

자주 틀리는 문제는 일부러 틀리면 정확한 기억으로 정착된다.

방안에 메모를 붙이고 그 장소를
암기하면 기억 재생에 도움이 된다

고대 그리스나 로마의 웅변가들은 몇 시간짜리 연설을 청중들이 지겨워하지 않고 즐겁게 할 줄 아는 능력을 가지고 있었습니다. 당시는 오늘날처럼 펜과 종이같이 편리한 필기도구가 없었기 때문에 오직 기억에 의해 연설을 암기했습니다. 그래서 기억법에 숙달하는 것이 웅변가가 되기 위한 중요한 조건 중의 하나였습니다. 그들은 자기 집의 각 부분을 연설 내용과 결부시켜 암기하는 방법을 썼습니다. 이 기억법을 '키로'라고 합니다. 예를 들면, 연설의 서두 부분은 침실, 본론은 거실, 결론은 현관과 결부시켜 두는 것입니다. 이렇게 해두면 집에서 자신이 생활하는 모습을 상기함으로써 연설 내용을 재생하기가 쉬워진다고 합니다.

이 방법은 여러분도 충분히 활용할 수 있습니다. 공부방의 각 부분에 암기할 내용을 적은 종이를 붙이고 그 내용과 위치를 연관시켜 기억하는 것입니다. 영어의 접두사를 암기하는 경우를 예로 들어봅시다. '초(超)'를 의미하는 'super, extra'는 천정에. '아래'를 뜻하는 'sub, de'는 책상의 제일 아래쪽 서랍에, 앞쪽 벽에는 '앞'을 의미하는 'pre,pro,ante'를, 뒤쪽 벽에는 'ex'를 좋게 크게 써서 붙입니다. 이렇게 방안에 들어설 때마다 좋든 싫든 그것들을 보지 않을 수 없게 만들어 놓습니다.

가령 postwar라는 단어를 만났다고 하면, 잠시 뜻이 생각나지 않더라도 뒤쪽 벽에 'post'가 있었다는 것을 기억해 냄으로써, 후+전쟁 즉 '전쟁 후'라는 추정이 가능합니다. 또 subconsciouss는 'consciouss'가 '의식의'라는 뜻을 가진 형용사니까 '의식 아래' 즉 '무의식'이 된다는 것을 알 수 있습니다. 물론 접두사에는 예외도 있기 때문에 이 방법이 전가(傳家)의 보도(寶刀)라고는 할 수 없습니다. 하지만 아무런 방도가 없는 것보다는 낫습니다.

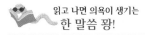
읽고 나면 의욕이 생기는
한 말씀 꽝!

자기 자신을 신뢰하는 자는 군중을 지도하고 지배한다.

복잡한 것을 정확하게 암기하는 데는 항목별 정리가 유용하다

저는 신문사나 잡지사의 기자들과 인터뷰를 할 기회가 많이 있습니다. 그래서 저는 메모를 하는 방법을 보면 그 기자가 유능한지 그렇지 못한지 즉석에서 판정할 수 있습니다. 유능한 기자는 제 이야기를 들으면서 자기 머릿속에서 정리를 한 다음 중요한 키포인트만 항목별로 정리해서 메모를 합니다. 그러나 별로 유능하지 못한 기자는 메모에 꼭 달라붙어 제 이야기를 한 자도 놓치지 않으려고 받아씁니다. 말을 하는 속도와 글을 쓰는 속도는 상당한 차이가 있기 때문에 받아쓰지 못한 내용을 다시 묻곤 하는 것도 예사입니다. 저나 기자나 이중 수고인 셈입니다. 기자에 따라서는 받아쓰지 못한 부분은 그냥 건너뛰는 경우도 있습니다.

나중에 메모를 볼 때, 항목별 메모를 한 기자는 제 말을 조리 있게 기억해 낼 수 있습니다. 자세하게 써놓지는 않았지만 줄거리를 정확하

191

게 파악하고 있기 때문에 내용성 있는 기사를 쓸 수 있을 것입니다. 하지만 후자의 기자는 조금이라도 빠뜨린 부분이 있으면 맥락을 이을 수 없는 우려가 있습니다. 나중에 다시 '추가 취재' 를 부탁하는 전화를 해오는 것은 대개 이런 기자들입니다.

공부의 경우에도 마찬가지입니다. 복잡한 내용은 항목별로 정리하는 것부터 시작해야 합니다. 그럼으로써 먼저 머릿속을 정리하고 암기하기 쉬운 형태로 만들어 낼 수 있습니다. 이렇게 기억해 두면, 항목별 형태가 먼저 떠오르고 그것들끼리 유기적으로 결합되면서 전체 내용이 재생됩니다. 가령 부분적으로는 잊은 곳이 있더라도 중요한 요지를 정확하게 이해하고 있기 때문에 '확실한 기억' 을 간직할 수 있습니다.

"그럴 시간조차 아깝다." 는 학생들도 있을지 모르겠습니다. 하지만 이것은 눈앞의 이익에 사로잡혀 잔챙이만 올리고 대어를 놓치는 낚시꾼이나 마찬가지입니다. 요령 없이 닥치는 대로 외우면 정작 필요할 때는 쓸모없는 것들만 기억나게 됩니다. 항목화하는 시간의 손실은 '정확한 기억' 으로 충분히 보상받고도 남습니다.

ONCE MORE 정리하는 시간이 아깝다고 생각할 수도 있겠지만 그것은 눈앞의 이익에만 사로잡힌 잘못된 생각입니다.

192

많은 물건의 이름이나 순서 암기는
잘 다니는 길의 특징과 결부시킨다

미국의 주부들은 매주 한 번씩 슈퍼마켓에서 정기 쇼핑을 할 때 종이에 구입 예정 품목을 적은 다음 물건을 하나씩 살 때마다 그 항목을 지워나가면서 충동구매를 방지하는 생활의 지혜를 실천하고 있습니다. 그런데 제가 미국에서 유학할 때, 이처럼 리스트를 만들지 않고도 정확하게 쇼핑을 하는 주부가 있었습니다. 그녀는 자기가 항상 산책하는 코스에 몇 개의 포인트를 설정하고 그 산책 지점과 구입 예정 품목을 일치시키는 방법을 쓰는 것이었습니다.

예를 들면 우유, 빵, 바나나, 담배를 사기로 한 경우, 먼저 냉장고에 우유팩이 가득 들어 있는 이미지부터 시작해서, 집 앞 계단에 김이 모락모락 나는 갓 구운 빵이 놓여져 있는 모습, 산책길의 커다란 가로수에 바나나가 걸려 있는 모습, 첫 번째 사거리에 있는 목욕탕 굴뚝이 담배를 피우는 것 같은 모습을 연상하는 것입니다.

이런 연상법을 쓰면, 슈퍼마켓에 들어갔을 때, '마음의 산책'을 하면서 필요한 물건을 기억해 낼 수 있습니다. 자주 다니는 길의 특징과 결부시키기 때문에 쉽게 잊혀지지 않는다는 장점도 있습니다.

이처럼 장소와 기억 대상을 결부시켜 견고한 기억망을 만드는 방법을 앞에서 '키로'라는 기억술을 통해 소개했습니다. 이것을 꼭 집이라는 좁은 공간에만 한정시킬 것이 아니라, 통학 길의 여러 가지 특징들을 이용하여 습관으로 일상화시키면, 특히 순서를 요하는 기억에 큰 도움이 될 것입니다.

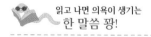
읽고 나면 의욕이 생기는
한 말씀 꽝!

자기희생은 부끄럼 없이 다른 사람도 희생할 수 있도록 한다.

비슷한 고유 명사는 고장이 다르면
풍속도 다르다는 속담을 적용 한다

제가 중학교에 다닐 때 서양사는 자신 있는 과목 중의 하나였는데 그 중에서 이상하게도 자주 틀리는 것이 있었습니다. 중세 유럽의 국왕 이름이 그것이었습니다. 영국, 프랑스, 독일, 에스파니아, 등 유럽 국가들에서 절대 왕정이 시작된 이후, 이 나라들에는 같은 이름을 가진 왕들이 여러 명 있었습니다. 그 중에서도 가장 빈번하게 나오는 것이 찰스(charles)라는 이름이었습니다. 한 나라에서도 1세,2세, 심지어는 9세,10세까지 계속되는 왕조가 있을 뿐 아니라, 여러 나라에서 같은 이름이 나오기 때문에 혼동이 극에 달할 정도였습니다.

그래서 저는 이 혼란을 어떻게 해결할까 궁리하던 끝에 한 가지 방법을 개발해 냈습니다. 같은 찰스라는 영어식 이름으로 표기되어 있지만 표기법은 언어별로 차이가 있습니다. 그 당시 교과서에는 이런 구별이 없었기 때문에 저도 처음에는 그런 사실을 몰랐습니다. 그러나 '고장이 다르면 풍속이나 말도 다르다' 는 속담을 생각해 내고는 형님의 독어사전, 불어사전을 빌려 조사를 해보았습니다. 역시 제 짐작이 맞았습니다. 독일어로는 카를(karl), 프랑스어로는 샤를(charles),에스파니아어로는 카를로스(carlos)로 표기되어 있었습니다.

이 사실을 발견한 저는 손뼉을 치며 기뻐했습니다. 그것을 즉시 암기에 이용한 것은 말할 필요도 없습니다.

그 뒤에는 이것뿐만이 아니라 다른 고유 명사는 어떤지 조사해 보았습니다. 영어의 필립(philip)은 프랑스어로는 필리프(philippe), 독일어로는 빌헬름(wilhelm), 영어의 헨리(Henry)는 프랑스어로는 앙리(henri)라는 것을 알게 되었습니다.

인명이나 지명 등 특히 혼동하기 쉬운 것은 꼭 교과서에 나오는 발음으로만 암기해야 한다는 법은 없습니다. 이렇게 자기 나름대로 구별하는 방법을 개발할 수도 있습니다. 또 각 나라의 언어마다 특유의 어감이 있어서 청각적인 면에서도 확실히 구별이 되기 때문에 기억이 한층 선명해질 것입니다.

4장

대량으로 암기하는 기억법

한꺼번에 많이, 그리고 정확하게 외울 수 있다면
암기하는 것에 더이상의 문제는 없다.
대량으로, 그리고 정확하게 기억하는 방법에 대해 이야기한다.

할 수 있다는 자신감을 가짐으로써 기억력이 증진된다

"**나는** 기억력이 나빠서…"라는 사람들이 많이 있습니다. 이렇게 말하는 사람들에게 왜 그렇게 생각하느냐고 물으면, "숫자에 약해서 전화번호를 거의 외우지 못한다."거나 "사람의 이름과 얼굴이 일치되지 않는다."는 등 대답은 천차만별입니다.

숫자에 약하기 때문에 기억력이 나쁜 일은 없을뿐더러, 사람 이름을 기억할 수 없다고 해서 기억력이 나쁘다고도 할 수 없습니다. 인간은 날 때부터 숫자, 문장, 이름 등의 '직접 기억'에서는 개인차가 조금씩 있지만, 그 중 하나가 강하다고 해서 기억력이 강한 것이 아니고, 하나가 약하다고 해서 기억력이 약하다고는 할 수 없습니다.

그 차이는 훈련에 의해 얼마든지 극복할 수 있습니다. 영어에 약한 한 고등학생이, 고민 끝에 단어를 종이에 크게 써서 하나를 외울 때마다 "나는 해냈다!" 하고 소리를 지르며 그 종이로 비행기를 접어 2층 공부방에서 날렸다는 이야기를 들은 적이 있습니다. 이웃집 마당에 종이

비행기가 자꾸 날아가서 조금 폐를 끼치기는 했지만 그의 어휘력은 비약적으로 증가했다고 합니다.

암기에 있어서 중요한 것은 할 수 있다는 자신을 갖는 것입니다. 자신감이 결여되면 뇌세포의 활동이 억제되고, 뇌세포 활동이 저하되면 기억력이 둔해진다는 것은 생리학에서도 증명되고 있습니다. 이것을 심리학에서는 '억제 효과' 라고 합니다.

자신이 없다→뇌세포 활동이 억제 된다→암기가 안 된다→자신감이 더욱 약해진다.

이런 악순환에 빠지고 마는 것입니다. 이런 악순환을 해결하기 위해서는 우선 자신을 가짐으로써 악순환은 '양 순환(良循環)' 으로 변화시키는 것이 기억술의 출발점이 됩니다. 한 번 생각해 보십시오. 어릴 때 배운 동요는 아무리 시간이 지나도 잊혀지지 않습니다. 친구나 가까운 친척의 이름은 잊으려고 해도 잊혀지지 않습니다. 아무리 해도 전화번호가 외워지지 않는다는 사람이라도 자기 집이나 친한 친구의 전화번호는 어떻게 하든 기억할 것입니다. '할 수 있다' 는 마음가짐을 갖고 때문에 아무 저항감 없이 기억할 수 있는 것입니다.

물론, '자신' 만 앞서고 노력을 하지 않으면 기억력이 좋아질 리가 없습니다. 말더듬이로 고생하던 데모스테네스가 그리스 최고의 대 웅변가가 된 것은, 자신감과 남보다 몇 배에 달하는 노력이 있었기 때문에 아니었겠습니까? 그러나 그 노력도 과학적인 방법에 의거하지 않으면 수포로 돌아가고 맙니다. 이 장에서는 짧은 시간에 많은 내용을 암기할 수 있는 다양한 방법을 소개하겠습니다. 여러분들도 자신감을 가지면 '대량 기억술' 의 반은 이미 이룩한 것이라고 할 수 있습니다.

자기에게 맞는 기억술 궁리 그 자체가 기억력을 몇 배나 증진 시킨다

 지금 많은 단어를 한꺼번에 외워야 할 수밖에 없는 상황이라고 가정하고, 그 첫 번째가 propose라는 단어라고 합시다. 우선 누구나 가장 먼저 생각하는 것이 어떤 방법으로 외우면 좋을까 하는 점일 것입니다. p.r.o.p.o.s.e라고 종이에 쓰면서 외우는 사람도 있을 것이고, 프로포즈가 결혼 신청이라는 뜻으로 쓰이니까 그것을 연상하면서 외우는 사람도 있을 것입니다. 손가락으로 철자를 쓰는 흉내를 내면서 외우는 것도 한 방법이 될 수 있습니다.

 이렇듯 어떤 방법으로 외우면 좋을까를 궁리하는 과정에서, 암기하려고 하는 대상의 내용이나 성질이 점점 확실해집니다. propose를 예로 들자면, 철자나 발음을 위시해서 악센트, 의미, 우리말에서 외래어로 사용될 때의 의미 변화 등이 이런 궁리 과정에서 상호 연결되면서, 어떤 방법이 그 내용과 성질에 가장 적절한지가 명확해집니다. 그 중에서 마음에 드는 한 가지 방법을 결정하면, 자기도 할 수 있다는 자신감이 생겨 짧은 시간에 많은 것을 암기할 수 있습니다. 또 자기에게 맞는 방법으로 암기하게 되면 외우기 힘든 단어도 쉽게 느껴집니다. 그것은 두뇌에서 정보간의 연합이 원활해져 서로 밀접히 결합하기 때문입니다.

반대로 "이런 방법이 될까?" 하는 의심을 가지고 암기하면, 잡념이 생기고 집중력도 흐트러져 많은 단어를 외우기는 커녕 한 개도 제대로 외울 수 없을 것입니다.

"아무리 힘들여 외워도 금방 잊어버린다."고 탄식하는 학생들은 암기 방법의 선택이 잘못 되었기 때문입니다. 결코 자신의 기억력이 나빠서가 아니라는 점을 명심하기 바랍니다.

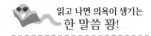

읽고 나면 의욕이 생기는
한 말씀 꽝!

대화는 사상의 배출구일 뿐 아니라 성품의 출구이다.

확실한 핵이 있으면 기억은 눈 덩이처럼 불어난다

일반인들에게 전문가라 불리는 사람들은 자신의 전문 분야에 대해 명확한 기억을 소유하고 있습니다. 바둑이나 장기의 프로들은 몇 년 전에 기보(棋譜)를 아무 어려움 없이 완벽하게 복기할 수 있습니다. 화가들은 한 번 만난 사람의 복장이나 특징을 매우 정확하게 기억하고 화폭에 재현합니다. 그러나 일류인 사람들이 반드시 기억력에 있어서도 특별한 능력을 갖고 있다고 할 수는 없습니다.

프로가 아마추어의 상상을 넘는 기억력을 발휘하는 것은, 실은 그들의 머릿속에 어떤 확고한 기억의 '핵' 이 있기 때문입니다. 그래서 새로운 정보가 들어와도 이미 자리 잡고 있던 확실한 핵과 연결되어 정확한 위치를 잡을 수 있습니다.

모차르트는 어릴 때 다른 사람의 집에서 한 번 들은 곡을 집에 돌아와서 완벽하게 연주했다고 전해집니다. 모차르트가 천재라는 점에는 저도 이견이 없지만 그의 경우에도 이미 음악에 관한 정확한 지식이 있었기 때문에 그것이 가능한 것이 아니었겠습니까? 이처럼 기억이라는 것은 확고한 핵이 있으면 눈덩이처럼 불어나는 특징이 있습니다.

암기할 대상의 특징을 상세하게 관찰하면
대량 기억으로 연결된다

참고서를 보는 도중 갑자기 처음 보는 페이지가 펼쳐져 있을 때가 가끔 있습니다. 당황해서 앞으로 넘겨보면, 자기도 모르는 사이에 몇 페이지를 건성으로 넘겼다는 것을 알 수 있습니다. 그 내용은 전혀 기억나지 않습니다.

이것은 '방심'의 심리 상태입니다. 기억에 있어서 '방심'보다 위험한 것은 없습니다. 방심이란 눈은 대상을 보고 있는데 마음은 아무것도 보지 않는 상태입니다. 이런 상태로는 아무것도 머릿속에 들어갈 리가 없습니다. 뭔가를 암기해야 할 때는, 대상을 마음으로 보고, 즉 상세하게 관찰하고 그 특징을 파악할 필요가 있습니다.

어느 초등학교 교사가 학생들에게 금붕어에 대해 가르치려는 생각으로 교실에 어항을 갖다놓았습니다. 학생들은 날마다 그 금붕어를 보면서 지냈습니다. 그러던 어느 날 그 교사는 어항을 천으로 덮어 금붕어가 보이지 않게 한 다음 학생들 모두에게 금붕어를 그려보도록 했습니다. 그런데 모습을 정확하게 묘사한 학생이 한 명도 없었다고 합니다. 눈, 아가미, 지느러미 등의 각 특징간의 상호 관계가 엉망이었습니다. 결국 학생들은 매일 금붕어를 보면서도 사실은 아무것도 '관찰' 하지 않았던 것이었습니다. 만약 그 교사가 어디를 어떻게 보는 것이 좋은지를 가르쳐 주었다면 학생들은 훨씬 정확한 그림을 그릴 수 있었을 것입니다.

여러분도 마찬가지입니다. 막연하게 책을 읽으면 나중에 정확하게 재생할 수가 없습니다. 우선 특징을 파악하고 그것을 상세하게 이해한 다음 각 특징들을 전체적으로 관련짓는 작업을 해야 합니다. 이것은 화가가 모델을 향해 시선을 집중하는 것과 마찬가지 이치입니다.

관찰이 불충분하면 기억이 정착되지 않습니다. 이런 상태로는 대량 기억을 꿈도 꾸지 못할 일입니다. 나중에 기억을 재생해 낼 때도 지엽적인 것만 떠오르고 정작 중요한 내용은 전혀 생각나지 않습니다. 시험장에서 식은땀을 흘리면서 필사적으로 기억을 더듬어 봐도 나오는 것이 쓸모없는 것들뿐이라면 그때는 아무리 후회해도 이미 늦습니다.

ONCE MORE 아무리 외워도 금방 잊어버려, 라고 탄식하는 학생들에게 권하고 싶은 기억법입니다.

종횡 관계를 명확히 파악하면 기억이 일거에 증진된다

전에 텔레비전의 어린이 프로그램을 보면서 흥미를 느낀 내용이 있었습니다. 다섯 글자 정도를 옆으로 나란히 늘어놓고 그 글자들로 의미 있는 말을 만들어 보게 한 뒤, 다시 그 중에 한자를 기점으로 해서 아래쪽으로 글자들을 늘어놓은 후 다른 말을 만드는 게임이었습니다.

이것은 문자를 암기하는 데만 의미가 있는 것이 아니라, 종·횡이라는 위치의 상관관계가 기억량을 증진시키는 데 상당한 효과를 발휘한다는 점을 시사해 줍니다. 예를 들어 지금까지 역사를 통시적으로, 즉 종적 방향으로만 공부해 왔다면 횡적 관계에도 한번 주목해보는 것입니다. 국사와 세계사를 연결해서 공시적, 즉 횡적으로 비교하는 큰 표를 만듭니다.

이렇게 하면 종적인 국사와 그것이 횡적으로 세계사와 맺는 관계를 파악할 수 있습니다. 이렇게 종·횡 관계를 매개로 암기하는 방법은, 전후 맥락이 복잡한 역사 과목 등에서 기억량을 일거에 증진시킬 수 있는 효과가 있습니다.

머리가 맑아지는 시간을 알아두면 집중적인 대량 기억이 가능하다

저는 새벽 4~7시에 일을 하면 매우 능률이 오릅니다. 그래서 집중적으로 글을 써야 할 때는 전날 밤에 일찍 잠자리에 들어 날이 새기 전에 일어나 책상에 앉습니다. 아마 이것이 저의 '두뇌 리듬'인 모양입니다.

미국의 유명한 기억술 연구가인 하버드 폴란은 자기 딸이 새벽 4시부터 몇 시간 동안에 특히 머리가 맑아진다는 것을 알고 매일 그 시간에 딸을 깨워 공부를 시켰다고 합니다. 그는 이 이야기를 소개하는 글 속에서 이런 말을 하고 있습니다. "기억에 있어서 가장 중요한 것은 어느 시간대에 일을 하느냐 하는 점이다."

인간은 보통 아침에 일어나서 밤에 잠을 잡니다. 하지만 두뇌의 활동은 다른 리듬을 가지고 있다고 생각되고 있습니다. 이 리듬은 사람에 따라서 크게 차이가 나기 때문에, 대량의 자료를 효과적으로 암기하기 위해서는 자기 두뇌의 리듬을 파악하는 것이 대단히 중요합니다. 우리 두뇌의 리듬은, 크게 나눠서 밤 형과 아침 형이 있습니다. 그러므로 밤 샘 공부를 해야 할 필요가 있을 때는, 밤 형의 사람이라면 한밤중에 집중적으로 한 다음 새벽에 잠을 자고, 아침형의 사람은 먼저 잠을 자 충분히 휴식을 취한 다음 새벽에 일어나 공부하는 것이 현명할 것입니다.

처음에는 천천히, 익숙해진 후 속도를 내는 것이 대량 기억술의 요령이다

저는 고등학교 입시를 준비할 때, 꼭 암기해야 할 영어 단어를 먼저 늘어놓고 암기에 걸리는 시간을 고려하면서 시간을 배분하곤 했습니다.

처음 10분 동안은 두세 개, 다음 10분은 네 다섯 개, 또 다음 10분 동안에는 열 개, 이런 식으로 양을 점차 늘려가는 방식을 택해, 평소에는 생각도 못할 정도로 많은 단어를 암기할 수 있었습니다. 그 당시에는, 처음에는 몸이 풀리지 않으니까 부담을 줄이는 의미에서 조금만 하고 익숙해지면 속도를 내는 것이 좋겠다는 단순한 동기에 지나지 않았던 것이, 심리학을 배우고 난 지금에는 그 방법이 상당히 과학적인 근거에 의해 증명될 수 있는 효과적인 방법이라는 것을 알게 되었습니다.

학습의 초기에는 아직 학습 내용을 수용할 수 있을 만큼의 기억 토대가 없기 때문에 착오가 많이 생깁니다. 그러나 그 토대가 견고하게 형성되면 집중적으로 대량 기억이 가능해집니다. 처음부터 피치를 올려 많은 것을 암기하려 욕심을 내면 실수를 반복하게 되고 그 실수가 쌓여 능률이 떨어질 뿐만 아니라, 실수가 고정되어 버릴 위험도 있습니다.

그러므로 처음에는 천천히, 욕심을 내지 말고 시작해서 어느 정도 '땅고르기' 가 이루어진 후 속도를 내는 것이 효과적인 암기법입니다. 기억은 마라톤과 유사한 작업입니다. 일찌감치 오버 페이스를 하면 결과적으로 마이너스가 됩니다.

ONCE MORE 학습의 초기에는 아직 학습 내용을 수용할 수 있을 만큼의 기억의 토대가 없기 때문에 천천히, 그리고 익숙해진 후 속도를 내는 것이 효과적이랍니다.

즐거운 일과 연관지어 암기하면 기억량이 급증한다

대학생들에게, '가장 기억에 강하게 남아 있는 일'이라는 제목의 작문을 시켜본 결과 다양한 추억담들 중에서도 즐거운 기억에 관한 이야기가 가장 많았다는 실험 보고서가 있습니다.

사람은 어릴 때부터 다양한 체험을 합니다. 일반적으로 그 중에서 슬픈 일이나 괴로운 일은 잊혀지고 즐거웠던 일은 기억에 오래 남는 경향이 있습니다. 정신분석의 원조인 프로이트는 이미 "자아에 위협을 주는 대상은 무의식 세계로 억압되어 여간해서는 의식 수준에 나타나지 않는다."는 말을 한 적이 있습니다. 우리들이 가끔 '어두운 기억'에 관한 꿈을 꾸는 것은 그것이 무의식이 지배하는 세계이기 때문입니다.

이런 인간의 정신 활동을 고려하면, 대량으로 기억해야 할 때는 가능한 한 즐거운 체험과 결부시키는 것이 좋다는 사실을 알 수 있습니다. 벌레를 씹은 듯한 기분으로 암기를 하면 그 기억은 곧바로 무의식의 세계로 침잠하고 맙니다. 그러나 즐거운 추억으로 포장된 지식은 아무리 어려운 것이라도 거침없이 기억회로에 저장됩니다.

동시에 많은 양을 암기해야 할 때는 쉬운 것 부터 시작한다

중국 요리는 제가 가장 좋아하는 음식 중의 하나입니다. 그런데 큰 상에 요리가 넘칠 정도로 쌓여 있으면 아무리 좋아하는 음식이라도 별로 먹고 싶은 기분이 생기지 않습니다. 역시 정통 중화요리는 한 그릇씩 나와야만 식욕도 솟고, "다음에는 어떤 요리가 나올까?" 하는 기대감도 생겨 맛을 음미하면서 먹을 수 있습니다.

기억도 이와 마찬가지입니다. 암기해야 할 것이 산더미처럼 눈앞에 펼쳐져 있으면 의욕이 생기지 않는 게 당연합니다. 음식이라면 그래도 조금이라도 먹고 남기면 그만이지만, 시험이 코앞에 닥쳐 어떻게든 하지 않으면 안 될 상황이라면 그럴 수도 없습니다. 이럴 때는 기억을 방해하는 요인을 제거할 필요가 있습니다.

그러기 위해서는 암기해야 할 것을 책상 위에 전부 늘어놓지 말고 조금씩만 나가는 것입니다. 여러 과목들을 죽 훑어보면 그 중에는 "이

거라면 간단하게 할 수 있을 것 같다."는 생각이 드는 게 있게 마련입니다. 얼마 전에 풀었던 문제와 유사한 유형의 문제처럼 손쉽게 소화할 수 있는 대상을 찾아 그것부터 먼저 시작해 봅시다.

이렇게 쉬운 것을 끝냈으면, 이번에는 그 기세를 이용해서 장애를 간단하게 돌파할 수 있습니다. 이 과정은 도움닫기와 유사하다고 할 수 있습니다. 높이뛰기에서 도움닫기가 충분하고 정확하다면 평소보다 훨씬 높이 가뿐하게 넘을 수 있습니다.

아무리 해야 할 것이 많아도 손쉬운 것부터 해결한 뒤 그 기세를 활용하면 놀라울 정도로 많은 양을 소화할 수 있습니다. 어느 정도 공부를 하고 난 다음 자기가 한 것을 뒤돌아보았을 때, "벌써 이만큼 했나?" 하는 기분이 들면, 마음의 부담이 가벼워지고 나머지도 순식간에 해치울 수 있는 경우가 있습니다. "아직 이만큼이나 남았나?" 하는 마음과, "벌써 이만큼 했나?" 하는 마음으로 하는 것은 당연히 능률에서 엄청난 차이를 보입니다.

손쉬운 대상부터 해결함으로써 양에서 오는 부담을 제거할 수 있으면, 해야 할 때는 먼저 제가 좋아하는 심리학 서적을 손에 잡히는 대로 읽고 합니다. 이렇게 기분을 전환시켜 책에 대한 친근감을 회복한 후에 일을 시작하면 의외로 일이 술술 잘 풀리는 경우가 많습니다. 양에서 오는 부담을 제거하려면, 처음에 양을 줄이고 질을 높이는 것이 돌아가는 길처럼 보이지만 실제로는 가장 빠른 지름길입니다.

묵독과 암송을 1대4로 배분하면 가장 효과가 높다

요즘 학교에서는 영어나 국어 시간에 문장을 암송하게 하는 풍경을 보기 힘들게 되었습니다. 이것은 암송=무작정 암기라는 이미지가 강해 학생들에게 불필요한 노력을 시키지 않겠다는 '배려'인 것 같지만, 암송도 때에 따라서는 충분히 유효한 공부 방법이 될 수 있습니다. 무작정 암기가 아니라 전체적 의미 파악과 연관짓는다는 자세만 있으면 됩니다.

이 암송 능력은 연령에 따라 큰 차이가 있습니다. 나이가 많아질수록 암송 능력이 떨어집니다. 나이가 많을수록 외국어 공부가 힘들어지는 것도 바로 이 암송 능력의 저하가 큰 원인입니다. 저는 중학교 때 등하굣 길에 암송하곤 했던 영어 문장을 아직도 똑똑히 기억하고 있습니다. 그것이 요즘 글을 쓸 때 얼마나 큰 도움이 되는지 모릅니다. 이처럼 여러분 나이 때 암송으로 습득한 지식은 오랫동안 정확하게 보존됩니다.

시험장에서는 아무 힌트도 없는 상황에서 기억을 재생시켜야 할 경우가 많습니다. 이럴 때 암송을 통해 정확하게 기억된 지식이 크게 도움이 되는 것은 당연합니다.

학습 심리와 기억에 관한 연구로 유명한 학자 게이츠는 암송을 어떤 식으로 해야 좋을 것인가에 대해 다음과 같은 실험을 한 적이 있습니다.

세 그룹으로 나눈 피험자들에 의미가 없는 철자 열여섯 개를 제시하고, 9분 동안의 여유를 준 후 각각 다른 주문을 했습니다. A그룹은 9분 동안 눈으로만 읽게 하고, B그룹은 5분의 3은 눈으로 읽고 5분의 2는 암송하게 했습니다. 그리고 마지막 C그룹의 5분의 1은 눈으로 읽고 나머지 5분의 4는 네 시간 동안 암송하게 했습니다.

이 세 그룹의 기억률을 조사해 본 결과, 암송 시간이 길수록 기억 량이 증가한다는 것이 입증되었습니다. 실험 직후의 기억률 조사에서 A그룹은 35%를 기록한 반면 C그룹은 74%라는 높은 기록을 보였습니다.

그뿐만이 아니었습니다. 네 시간 후에 조사했을 때는 A그룹의 기억률이 15%밖에 되지 않았는데 비해 C그룹은 48%, 즉 반 정도를 기억하고 있었습니다. 시간이 지남에 따라 그 차이가 더욱 커진 것입니다.

이것으로 알 수 있는 바와 같이, 암송 시간이 많을수록 기억의 양이 증가할 뿐만 아니라 기억 유지 시간도 길어집니다. 게이츠의 실험에 의하면 눈으로 읽기와 암송의 비율이 1대 4일 때 가장 효율이 높다고 합니다.

216

“우리말로 된 글은 간단하지만 영어는 너무 어려워서”라고 말하는 학생이 분명히 있을 것입니다. 이것은 먹어보지도 않고 무조건 맛이 없다고 말하는 것과 다를 바 없습니다. 실제로 해보지도 않고 겁부터 먹는 것입니다. 영어에도 독특한 리듬이 있기 때문에 계속해서 암송을 반복하면 의외로 간단히 적응할 수 있다는 것을 직접 확인해 보십시오.

암기해야 할 단어로 스토리를 장착하면
일거에 암기할 수 있다

이미 앞에서도 몇 번 언급한 것처럼, 분산된 지식만큼 암기에 비효율적인 것은 없습니다. 짧은 시간에 많은 것을 암기해야 할 때는 한 묶음으로 만들어 암기하는 것이 능률적입니다. 이럴 경우에는 옛날부터 기억술의 하나로 애용되어 온 방법을 원용할 수 있습니다. 암기해야 할 단어들을 하나의 문맥 속에 넣어 그것들로 이야기를 만들어 암기하는 것입니다.

그러기 위해서는 먼저, 황당무계한 스토리를 만들어 낼 필요가 있습니다. 인간은 어디서나 흔히 들을 수 있는 평범한 이야기는 쉽게 기억하진 못하지만 기발하고 이상한 얘기는 오래 기억하는 경향이 있습니다.

둘째로, 앞에서도 이야기한 바와 같이 창작한 스토리를 이미지화해야 합니다. 만화 영화를 예로 들어봅시다. 아동용 만화 영화 속에서는 상식적으로 용납될 수 없는 황당무계한 장면들이 자연스럽게 등장합니다. 우리는 그것을 보면서 이상하다고 느끼기보다는 재미있거나 기발하다고 느끼는 경우가 많습니다. 여러분 자신이 이런 만화 영화를 만든다고 생각하고 스토리를 창작하자는 것입니다.

예를 들어 tree(나무), airplane(비행기), submarine(잠수함), telephone(전화), automobile(자동차), squirrel(다람쥐)이라는 여섯 개의 단어를 외운다고 해봅시다. 이런 이야기를 만들어 보겠습니다.

큰 나무가 가지를 뻗고 하늘을 향해있다. 그런데 갑자기 이 나무가 로켓처럼 하늘로 날아오르기 시작하고 뿌리가 우두둑거리면서 땅위로 솟아오른다. 그리고 공중으로 날아가더니 비행기처럼 빠른 속도로 날아가 버리고 만다. 뿌리에서 떨어진 흙이 땅으로 후드득 흩어진다.

장면이 바뀌어 나무가 바다 위를 날고 있다. 그러더니 갑자기 추락해서 바다 속으로 모습을 감추어 버리는가 싶더니 돌연 잠수함으로 변신한다. 이 잠수함 안에서는 전화가 계속 울리고 있다. 그런데도 아무도 전화를 받으려고 하지 않는다. 이때 잠수함 후미에서 자동차 한 대가 불쑥 나타나 빽 미러가 죽 길어지면서 수화기를 잡는 순간, 전화기에서는 목소리 대신 다람쥐가 한 마리 쏙 나오더니 차 안으로 들어가 운전석에 척하고 앉아서는 차를 몰고 가버린다.

미국에서 행해진 한 실험에 따르면, 이런 이야기 방법을 쓸 경우 제각기 암기하는 것보다 기억률이 일곱 배나 높다는 결과가 나왔습니다. 황당하다고만 생각할 것이 아니라 일단 시도해 보십시오.

대량 기억술

❶

암기해야 할 단어를 넣어 스토리를 창작하면 한꺼번에 많은 것을 외울 수 있다.

❷

머리가 맑아지는 시간에 집중하면 효율을 극대화할 수 있다.

대량 기억술

❸

처음에는 천천히, 익숙해진 후 속도를 내는 것이 대량 기억의 요령이다.

❹

할 수 있다는 자기 암시로 두뇌의 기억 용량을 증대시킨다.

94

여러 과목을 한 권의 노트에 사용하면 기억량이 증가한다

대부분의 학생들이 과목당 한 권씩의 노트를 사용하고 있는 것 같습니다. 수업에서 선생님의 말씀을 받아 필기하는 데는 그대로도 상관이 없겠지만, 배운 것을 정리하거나 암기 복습할 때도 같은 방법을 답습하는 것은 한 번 생각해 볼 필요가 있습니다. 노트 사용법 하나로 기억량에 상당한 차이가 생긴다는 것을 알고 있는 학생들은 거의 없는 듯합니다.

암기라는 것은 성가신 작업입니다. 게다가 겉모양은 달라도 내용이 비슷한 것들이 모이면 기억의 흔적들이 제멋대로 융합하고 동화되어 버리기 때문에 대개 기억이 매몰되고 희미해질 우려가 있습니다. 심리학에서는 이런 것을 '중첩 현상'이라고 합니다. 이처럼 애써 암기한 것들이 재생되지 않는다면 힘들여 고생할 필요가 없을 것입니다.

이 중첩 현상을 방지하는 방법으로, 여러 과목을 한 권의 노트에 같이 사용할 것을 권하고 싶습니다. 예를 들면 1~10페이지는 영어 단어, 11~20페이지는 수학 공식, 21~30페이지는 사회 과목 암기 사항, 31~40 페이지는 물리나 화학을 배치해서 컬러풀하게 사용하는 것입니다. 아무 페이지를 펼쳐도 영어 단어, 발음기호, 불규칙 복수형만 눈에 보인다면, 단어장을 펼치는 것만으로도 벌써 한숨부터 나올 것입니다. 그런 따분함을 견디면서 공부를 한다고 해도 중첩 현상으로 기억이 억제되기 때문에 공부한 만큼의 효과가 나지 않습니다.

그런데 한 권의 노트에 여러 과목을 사용할 수 있도록 만들어 놓으면 심리적 포화를 방지할 수 있습니다. 심리적 포화란, 동일한 행동을 반복함으로써 집중력이 사라져 목표 달성의 의욕이 상실되어버리는 것을 말합니다. 신선한 느낌을 오래 간직할 수 있으며, 페이지를 넘길 때 마다 새로운 에너지가 생겨 의욕이 솟아나올 것입니다.

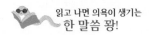

읽고 나면 의욕이 생기는
한 말씀 꽝!

사람은 그가 필요한 것을 찾기 위하여 온 세상을 돌아다닌 후 돌아와 집에서 그것을 찾는다.

-조지 무어

꼭 기억해야 할 것은 평소와는 다른 환경에서 암기한다

보통 우리들은 뭔가를 깜빡 잊으면 무의식적으로 그것을 생각하고 있던 장소로 가게 됩니다. 잊은 것을 기억해 낼 때는 원래 그것을 기억한 장소를 상기함으로써 의외로 '기억의 실마리'를 쉽게 풀어가는 경우가 있습니다.

이와 마찬가지로, 절대로 잊어서는 안 될 중요한 기억은 평소와는 다른 환경에서 암기하는 것이 효과적입니다. 이럴 때는 집에서 나와 무작정 버스나 전철을 타고 그 속에서 암기하는 것도 좋은 방법이 될 수 있습니다. 요는, 암기해야 할 내용을 전부 소화하겠다는 과욕보다는 기억을 불러낼 수 있는 실마리를 만드는 것이 중요하다는 점입니다.

시작 전에 음악으로 마음을 안정시키면
놀라울 정도로 기억력이 증대된다

시험 직전에는 가능한 한 많은 내용을 암기하기 위해 초조해지기 때문에 의욕만 앞서 결과적으로는 아무것도 얻지 못하는 일이 종종 있습니다. 이것은 지나친 긴장감 때문에 두뇌의 움직임이 둔해져서 입니다. 심리학에서는, 인간의 집중력은 긴장이 이완되어 마음의 부담이 없어질 때 가장 높아진다고 보고 있습니다. 그러므로 기억량을 늘려야 한다면 어떻게든 과도한 긴장을 제거할 필요가 있다고 하겠습니다.

이럴 때는 음악을 이용하는 것이 좋은 방법이 될 수 있습니다. 공부를 시작하기 전에 잠시 가벼운 음악을 듣는 것입니다. 물론 시간이 넉넉하지 않기 때문에 수십 분짜리 교향곡을 듣는 것은 곤란하겠고, 가벼운 대중음악이라면 3,4분밖에 걸리지 않으니까 부담이 없습니다. 초조한 마음을 진정시키면서 조용히 음악에 정신을 집중하면 어느 새 잡념이 사라질 것입니다. 이렇게 음악을 이용하는 기분전환법은 공부 시작

전뿐만 아니라 공부 도중에 가지는 짧은 휴식 시간에도 효과가 있습니다. 한 과목을 공부하는 데 몇 시간이 걸리면 기억이 혼동될 우려가 있기 때문에, 이럴 때 한 시간 단위로 짧게 휴식하면서 음악을 듣는 것입니다. 기억 정보로 가득 찼던 머리가 맑아지므로 학습 능률이 오르는 것은 당연한 이치입니다.

문과계 과목은 전량 학습법,
이공계 과목은 부분 학습법으로 공략한다

암기에는 전체를 여러 번 반복하는 전량 학습법과, 전체를 여러 부분으로 나누어 한 부분씩 마스터하고 그 과정이 끝나면 다시 복습하는 부분 학습법이 있습니다.

이것은 특히 시험 직전기의 암기 테크닉으로 활용할 수 있습니다. 수학이나 물리 같은 이과계 과목은 각 단위가 독립되어 있기 때문에 부분 학습법이, 영어나 역사 같은 문과계 과목은 전체를 파악하는 것이 좋기 때문에 전량 학습법이 효과적이라고 할 수 있습니다.

이렇게 과목에 따라 각기 그에 맞는 암기법이 있기 때문에, 이런 과목별 특성을 잘 이해하고 적절한 테크닉을 적용할 필요가 있습니다.

먼저 주요 사항만 엄선해 암기의
축을 만들면 대량 기억이 용이해진다

교과서나 노트를 정성스럽게 훑어보면서 한 자도 놓치지 않겠다는 마음으로 공부하는 학생들이 있습니다. 그러나 잠시만 제 말을 들어주십시오. 이런 방법을 고집하다가는 머리가 터져 버리고 말 것입니다. 저는, 먼저 중요 사항을 엄선해서 그것만을 우선 암기함으로써 '흐름'을 파악하는 방법을 권하고 싶습니다. 그리고 난 후에 각 주요 사항 사이의 빈 공간을 메워나가는 것이 보다 합리적입니다.

대량 기억술

①

시작 전에 음악으로 긴장을 풀면 기억이 증대된다.

②

동시에 많은 양을 암기할 때는 먼저 쉬운 것부터 시작한다.

대량 기억술

❸

먼저 확실한 핵을 만들면 기억량은 눈사람처럼 불어난다.

❹

재미있고 즐거운 경험과 결부시키면 기억량이 급격히 증대된다.

접속사에 주의하면 내용의 흐름을
쉽게 암기할 수 있다

역사를 공부한다는 것은, 극단적으로 말하면 어떤 사건의 원인과 결과를 탐구하는 것입니다. 무엇이 원인이 되어 어떤 결과가 생겼는가, 그 결과가 또 원인이 되어 어떤 결말을 맺게 되는가라는 인과관계를 파악하면 사건의 흐름을 이해할 수 있습니다. 예를 들어, 후삼국의 멸망과 고려의 탄생이라는 부분을 공부한다고 해봅시다.

"고려는 군사력에서는 후백제보다 불리하였다. **그러나** 왕건의 대민정책이 효과를 거두었고, 항복한 지방 호족의 도움으로 고려는 후백제에 대한 군사적 열세를 차츰 만회하였다. 마침내 930년 고창군 싸움에서 고려가 후백제를 크게 이겼다.

이제 고려는 밖으로 중국의 여러 왕조와 친선 관계를 맺으면서, 늘어난 군사력과 물자를 바탕으로 더욱 강력하게 후백제를 공격하였다. **반면에** 후백제 왕실에서는 권력 다툼이 일어나 견훤의 맏아들인 신검

이 아버지를 금산사에 가두고 아우 금강을 살해하였다. 신라왕 김부도 귀족 회의에서 항복을 결정하고 고려로 갔다. **드디어** 고려는 일리천 싸움에서 후백제군을 처부수고 후삼국을 통일하였다."

굵은 글자체로 된 접속사들을 기억함으로써 맥락이 선명해집니다. 보통 접속사는 '종속' 적인 역할을 한다고 알고 있으나, 사실 어떤 사건의 인과 관계를 설명할 때는 오히려 '주' 가 됩니다. 이렇게 접속사를 확실히 암기해 두면, 가령 한 두 가지 사실을 잊는 경우에도 전체적인 맥락은 유지할 수 있는 장점이 있습니다.

ONCE MORE 접속사를 기억하면 전체적인 암기 내용의 맥락의 선명해지는 장점이 있습니다.

232

연표나 알람 표를 이용하면 단편적으로
암기할 때보다 효율이 높다

역사는 전량 학습법으로 공부하는 것이 효과적이라는 점은 앞에서도 밝혔습니다. 역사적인 지식이란 어디까지나 시대의 흐름이므로 큰 줄기를 파악하는 것이 중요하기 때문입니다.

많은 수험생들이 역사 용어를 단편적으로 암기하려고 합니다. 하지만 실제 시험에 출제되는 문제는 모두 역사의 흐름을 중심으로 출제되고 있습니다.

그러므로 역사의 흐름을 이해하지 못하는 수험생은 중요한 용어를 아무리 많이 암기하고 있어도 출제자가 요구하는 정확한 답을 찾아내기 힘듭니다.

또 기억의 메커니즘에서 볼 때도, 단편적인 지식은 각각 의미를 부여하면서 암기하는 것이 효과적입니다. 예를 들어 1, 2, 4, 8, 16이라는 숫자를 암기할 경우, 아무 생각도 없이 무조건 암기하려고만 하면 쉽게 외워지지 않지만 $X=Y^2$이라는 원리를 파악하면 쉽게 이해할 수 있습니다.

이와 마찬가지로 역사에는 다양한 흐름이 있습니다. 그러므로 이 흐름을 파악한 이후에, 그것에 단편적인 용어를 연관시켜 기억한다면 정보가 단순화되기 때문에 기억의 효율도 좋아집니다.

예를 들어 말하자면, 큰 덩치에 가지를 붙이고 잎을 그려나가는 작업과 마찬가지라고 할 수 있습니다. 자기 힘으로 연표를 만들거나 관계일람표를 작성해 보는 것이 역사 공부에 상당한 효과를 올릴 수 있습니다.

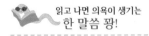
읽고 나면 의욕이 생기는
한 말씀 꽝!

초가 불꽃 없이 탈 수 없듯이 인간은 내면의 삶이 없으면 살 수 없다.

－석가

지나치게 많은 강조 표시는 효율을 떨어뜨린다

여러분들은 교과서나 참고서에서 꼭 알아야 할 부분에 어떤 표시를 합니까? 제가 알기로는, 빨간색 펜이나 형광펜으로 눈에 잘 띄게 밑줄을 치는 학생이 대부분일 것입니다. 이렇게 해두면 그 강조 표시와 중요 사항이 일체가 되면서 기억 속에 강한 인상을 남기고 시험장에서 기억을 재생할 때 선명하게 떠오릅니다.

하지만 이런 강조 표시를 기억 재생의 실마리로 삼고자 할 때 한 가지 조심해야 할 것이 있습니다. 강조 표시를 잘 활용하면 암기와 기억 재생에 상당한 효과가 있다는 생각으로 책 구석구석을 빨갛게 도배하듯이 칠하는 학생을 본 적이 있습니다.

하지만 이렇게 되면 강조 표시는 본래의 효과를 상실하고 맙니다. 기억 재생의 실마리는 어디까지나 그것이 머릿속에 선명하게 기억 될 때만 의미가 있습니다. 그것이 머릿속에 너무 많아지면 실마리로서의 역할을 상실해 버리고 단지 손때에 지나지 않습니다.

　강조 표시는 어디까지나 최소한으로 줄여야 효과가 극대화됩니다. 빨간색만으로는 시각적 효과가 약하다고 생각되면, 중요도에 따라 녹색이나 노란색, 파란색으로 구별해서 사용하는 것도 권장합니다.

카드는 한 항목을 분류 방법에 따라
여러 장으로 만드는 게 효과적이다

*대학*도서관에서 책을 찾을 때 이용하는 것이 색인 카드입니다. 우리나라 도서관은 듀이 십진 분류법(DDC:Dewey decimal classification)에 따라 총류, 철학, 역사, 사회, 과학 등의 분야별로 카드를 분류하고 있습니다. 필요한 책이 있으면 그것이 어느 항목에 들어 있는지만 알면 카드를 뒤져 찾아낼 수 있습니다.

하지만 그런 분야별 색인만으로는 정확한 책을 찾는 것이 힘들기 때문에 다시 '서명 색인(書名索引)'과 '저자 색인(著者索引)' 카드가 준비되어 있습니다. 책의 제목이나 저자의 이름을 알면 자기가 원하는 책을 더 쉽게 찾을 수 있습니다. 결국 한 책에 대해 몇 장의 색인 카드가 있다는 뜻입니다.

여러분이 아직 익숙하지 않은 도서관의 예를 들 필요 없이 전화번호부만 하더라도 인명 편, 상호 편, 직업 편 전화번호부가 있고, 최근에는 구 단위로 생활권 전화번호부까지 나오고 있습니다.

이 방법은 여러분의 공부에도 얼마든지 응용할 수 있습니다. 예를 들어 조선 시대의 실학자 정약용에 대해 알고자 할 때는 먼저 정약용의 생애 전반에 관한 '주(主) 카드'를 만듭니다. 그 다음에는 정약용의 주요 저서들인 《목민심서》, 《경세유표》 등에 대한 '보조 카드'를 만드는 것입니다. 그리고 주 카드에는 그의 저서 이름을, 보조 카드에는 '정약용 참조'를 부가합니다.

이런 식으로 카드를 만들어 두면 정약용에 대한 카드를 읽으면서 《목민심서》나 《경세유표》를 상기할 수 있고, 혹시 생각이 나지 않을 때는 보조 카드를 참조할 수도 있습니다. 이런 방법을 활용하면 하나의 기억 실마리를 통해 그 항목에 관한 폭넓은 방계 지식까지 습득할 수 있게 되므로 투자한 시간이 조금도 아깝지 않을 만큼의 효과를 볼 수 있습니다.

ONCE MORE 이 방법을 활용하면 하나의 기억 실마리를 통해 그 항목에 관한 폭넓은 방계 지식까지 습득할 수 있게 됩니다.

화장실에 책을 한 권씩 비치해 두는 것도 효과적이다

제가 잘 아는 한 대학교수의 집에 가면 화장실에 언제나 책이 한 권 놓여 있습니다. 그는 그 책을 다 읽고 나면 즉시 다른 책으로 바꾼다고 합니다. 화장실에 들어가면 싫든 좋든 어쩔 수 없이 일정 기간 동안은 자동적으로 책 한 권과 만나게 됩니다. 그의 해박한 지식의 일면을 알 수 있는 면모입니다. 이것이 시간이 아까워서 자투리 시간을 메우기 위한 소극적인 동기에서 비롯된 것이 아니라는 점은 더욱 의미가 있습니다.

그 이유는, 보통 우리나라의 주택은 구조적으로 가족 구성원간의 사적인 공간을 허용할 만큼 여유롭지 못합니다. 그 속에서 진정한 혼자만의 공간이라고 할 수 있다면 화장실밖에 없지 않나 하는 생각이 듭니다. 여러분은 어떤지 모르겠지만, 저는 화장실에 있는 동안은 아무도 방해할 사람이 없기 때문에 완전한 안정을 느낍니다. 그래서 집중력이

239

높아지고 상당히 어려운 책을 읽어도 이해가 빨라집니다. 암기해야 할 것들을 복습하고 좀 더 정확하게 알고 싶은 것을 자문자답해 보는 데는 화장실보다 더 좋은 장소가 없는 것 같습니다.

사실, 현재 이 책 속에 소개되고 있는 아이디어 중의 몇 개는 화장실에서 떠오른 것들입니다.

특히, 자신 없는 취약 과목을 정복하는 데는 이 화장실 이용법이 상당히 효과적입니다. 화장실은 싫다고 해서 가지 않을 수도 없는 곳입니다. 쉽게 정복이 안 되는 과목의 참고서를 갖다 놓으면 매일 한 번쯤은 거의 반드시 강제적으로 만나지 않을 수가 없습니다. 달리 볼 것도 없으니 싫더라도 책을 잡게 되는 것입니다. 이렇게 시간이 흐르다 보면 그것이 익숙해지고, 나중에는 책이 없으면 왠지 허전해지는 느낌마저 들게 됩니다. 어느새 자기도 모르게 책 한 권을 독파하고, 취약 과목이 자신 있는 과목으로 변하는 것입니다.

2차 대전이 일어나기 얼마 전.

한 폴란드인이 프랑스에서 비행기 교관직을 그만두고 자신의 전용비행긱를 몰고 조국으로 돌아가고 있었습니다. 비엔나에서 하룻밤을 묵게 된 날 밤, 상점에서 물건을 고르던 그는 상점 안으로 뛰어든 한 유태인과 어깨를 부딪쳤습니다.

유태인은 공포에 질린 얼굴로 '게쉬타포' '게쉬타포'를 연발했습니다. 유태인은 독일경찰에게 쫓기고 있었던 것입니다.

폴란드인은 어찌할까 잠시 망설이다 그를 데리고 숙소로 갔습니다. 곧바로 게쉬타포가 들아닥쳤지만 침대밑의 유태인은 찾아낼 수 없었습니다. 그들의 발소리가 멀어지자 폴란드인은 유태인을 침대 밑에서 끌어냈습니다

바짝 마른 유태인이 감사의 뜻을 전하기 위해 알아들을 수 없는 독일어를 연발하자 폴란드인은 불현듯 그를 돕고 싶었습니다. 폴란드인은 지도를 꺼내들고 그에게 안전한 곳이 어디냐고 손짓으로 물었습니다. 폴란드인은 유태인을 자신의 비행기에 태워 탈출시켜 주려고 생각한 것입니다.

그것은 목숨을 건 위험한 일이었습니다.

몇번의 검문과 수색을 받은 끝에 폴란드인은 유태인을 폴란드 국경 어느 풀밭에 안전하게 내려줄 수 있었습니다.

몇년 후 전쟁이 폴란드까지 번지자 폴란드인은 독일과 싸우기 위해 전투기 조종사가 되어 영국으로 출발했습니다.

그러나 그는 영국해협에서 적군 비행기와 충돌하여 큰 부상을 입은 채 영국의 어느 병원으로 후송되게 되었습니다. 머리 부상이 너무 심한 터라 의사들은 가망이 없다며 그를 응급실 한 켠에 방치해 두었습니다. 폴란드인은 의식을 잃었습니다.

얼마 후 폴란드인이 눈을 떴을 때는 야윈 사내가 눈물을 글썽거리며 그를 내려다보고 있었습니다. 수년 전 그가 목숨을 구해주었던 그 유태인이었습니다.

"나는 그동안 당신을 잊어본 적이 없습니다. 얼마 전 신문에서 폴란드 공군 비행사가 수훈을 세우고 부상을 입었다는 기사를 읽고 당신일 거라는 느낌을 받았습니다. 그래서 당신을 찾기 위해 폴란드에서 이곳까지 날아왔습니다. 당신이 오늘 아침 받은 수술은 성공입니다. 나는 뇌신경 전문의사랍니다."

241

5장

깜빡을 방지하는 기억법

기껏 외웠는데 술술 빠져나가 버리는 기억이 있다면
얼마나 안타까울까.
깜빡을 방지하는 기억법을 소개한다.

깜박 잊었을 때는 그것을 기억해 낼 수 있는 실마리부터 찾는다

시험장에서 알고 있던 것을 깜박 잊어버리는 것처럼 비극적인 일은 없습니다. 분명히 알고 있었는데, 문자 그대로 목에 걸린 듯이 뭔가 부족하다는 느낌이 들고 초조해져서 머리가 떵해진다. 시간은 자꾸만 흘러가고 눈앞이 캄캄해진다. 이런 채로 종이 울려 시험은 망치고, 헐레벌떡 교과서를 펼쳐보면 "이렇게 쉬운 걸" 하고 발을 동동 굴러도 이미 시험은 끝난 후입니다.

이렇게 뭔가를 깜박 잊어버리면 아무리 집중해서 기억해 내려 해봐도 여간해서는 기억이 되살아나지 않는 경우가 많습니다. 예를 들어, 어딘가에 우산을 두고 잃어버린 경우를 생각해 봅시다. 먼저, 제일 마지막으로 간 곳이 어디였는지 기억의 실마리를 더듬어 갑니다. 그때까지의 자기 행동을 순서대로 떠올려 보는 것입니다. "A까지는 우산을 갖고 있었다. 그러면 A를 나와 친구네 집에 갔었지. 갈 때는 비가 왔는

데 나올 때는 비가 그쳐 있었어. 맞아 그랬어!" 이렇게 핵심을 더듬어 나가다 보면 어디에서 우산을 잃어버렸는지를 기억해 낼 수 있습니다.

이 경우는 시간의 경과와 공간의 이동이라는 주변 상황으로부터 압축해 가면서 물건을 잃어버린 장소를 기억해 내고 있습니다. 시험장에서 중요한 내용을 깜박 잊었을 때도 이 방법을 매우 유익하게 응용할 수 있습니다. 이럴 때는 잃어버린 내용을 바로 기억해 내려 하지 말고, 먼저 주변 상황에서 기억의 실마리를 찾아야 합니다.

"북쪽 하늘의 별들은 북극성을 중심으로 왼쪽으로 한 시간에 X도씩 움직인다. 이것은 지구의 자전 때문에 일어나는 현상이다."

예를 들어 이런 문제가 나왔다고 합시다. 15도라는 답을 깜박 잊었다면 그 주변에 있는 문장, 즉 지구의 자전이라는 것에서부터 단서를 풀어나갑시다. 잃어버린 우산을 찾는 요령으로, X도에 집착하지 말고 차근차근 초점을 맞춰가는 것입니다. 북극성이라는 항성의 일주 운동을 배우기 직전에 지구의 자전에 대해 배웠다. 지구의 자전 주기는 하루다, 하루는 24시간이다, 360도를 24시간으로 나누면……, 여기까지만 도달되면 이제 답은 다 찾은 것이나 마찬가지입니다.

위급할 때 이런 방법을 응용할 수 있기 위해서는 평소에 암기를 할 때도 기억해 내기 쉬운 방법을 사용해야 합니다. 그러므로 여기저기 띄엄띄엄 암기할 것이 아니라 먼저 계통을 낼 때 그 순서를 더듬어 가면 잃어버린 기억의 사슬을 쉽게 연결할 수 있게 됩니다. 또 암기하려는 대상의 관련 사항도 반드시 함께 암기해 두는 것이 좋습니다. 이 관련 사항을 통해서도 끊어진 사슬을 이을 수 있기 때문입니다.

시험장에서는 아무리 사소한 것이라도 머리를 혼란시킬 우려가 있습니다. 평소에 계통을 세워 암기해두면 이런 경우에 당황하지 않고 기억을 재생할 수 있는 자신감이 생기게 될 것입니다.

잊은 것을 기억해 낼 때는 그 내용이
들어 있던 페이지를 떠올린다

잊은 것을 기억해 낼 때 가장 중요한 것은, 그것을 직접 기억해 내려 하지 않고 기억 재생의 실마리를 발견하는 것입니다. 머릿속에 기억된 내용은 하나 독립해서 기억되는 것이 아니라 다른 다양한 사항들과 관련되어 있기 때문에, 중요한 기억 내용을 상실했을 때, 이런 관련 사항을 하나만 발견할 수 있으면 거기서부터 더듬어갈 수 있습니다.

영화에서 살인 현장을 검증하러 온 형사가 사체 옆에서 머리카락 한 올을 발견하고 그것이 사건 해결의 열쇠가 되는 장면을 자주 볼 수 있습니다. 기억의 실마리도 이 머리카락과 마찬가지입니다.

이런 기억의 실마리가 될 수 있는 것은, 먼저 책이나 노트 속에서의 공간적 위치 관련입니다. 왼쪽 페이지에 있었든가 오른쪽 페이지에 있었던가, 오른쪽 페이지 위쪽에 있었든가 아래쪽이었던가 하는 실마리만 발견할 수 있으면, 잊은 것을 기억해 내는 것은 식은 죽 먹기나 마찬가지입니다.

교과서 내의 큰 활자나 고딕체 활자, 밑줄 친 부분 등에서부터 기억의 실마리를 하나씩 더듬어 나가다 결국 목적지에 도달했을 때의 기쁨은 이루 말할 수 없습니다. 또, 암기를 할 때 책 속의 삽화나 사진에 주목하는 것도 좋은 단서가 될 수 있습니다.

저는 오래된 책을 매우 좋아합니다. 그런 책을 볼 때 가장 먼저 눈이 가는 곳은 삽화나 사진입니다. 수십 년 전에 출판된 책을 열고 그 속에 있는 사진이나 인물의 복장을 보고 있으면, 그 책의 분위기가 쉽게 느껴져 오고 마치 내가 그 때로 돌아간 것 같은 착각마저 느끼게 됩니다. 이렇게 흥미를 갖고 책을 읽기 시작하면 이해도 빠를뿐더러 그 때 느낀 분위기가 위급할 때는 기억의 실마리가 되기도 합니다.

인간은 시각적인 동물이라서 공간적인 위치에 관해서는 뛰어난 능력을 갖고 있다고 합니다. 특히 수직, 수평, 좌우, 상하, 사선 등의 대표적인 공간 지각은 머릿속에 이미 형성되어 있습니다. 책에 묻은 잉크 자국이 계기가 되어 그때 본 내용이 오래도록 잊혀지지 않는 일이 있습니다. 이런 경우도 우리가 의식하지 못하는 사이에 공간의 위치 관계가 머릿속에 자연스럽게 입력되었기 때문입니다.

공부를 할 때도 이와 같은 의식 작용을 이용하면 기억 재생에 상당한 효과가 있습니다. 낙서도 좋습니다. 그 낙서가 암기 대상과 함께 머릿속에 각인되어, 기억을 재생할 때 실마리가 되고 선명한 기억을 불러 일으키는 경우도 있기 때문입니다.

깜박 잊어버렸을 때는 가나다라를
순서대로 중얼거려 본다

알고 있던 것을 깜박 잊어버리는 것처럼 골치 아픈 일은 없습니다. 단순히 잊어버린 것이라면 뭔가 방법을 써서 실마리를 잡아보겠지만, 이런 경우에는 의식 속에서 그 내용 하나만 얄밉게 탈락되어 있기 때문에 기억 재생의 실마리조차 쉽게 잡히지 않습니다. 고등학교 시절에 제 친구 한 명도, 역사 시험에서 '주자학(朱子學)'이라는, 고등학생이라면 누구나 알고 있는 쉬운 것을 깜박 잊고 식은땀을 흘린 적이 있습니다.

시험 시간이 거의 끝나갈 때쯤에서야 겨우 궁지에서 탈출했는데 그 방법이 독특합니다. 그는 머릿속에서 맴돌기만 할 뿐 도저히 생각이 나지 않자 '가'부터 시작해서 가나다라를 순서대로 입속으로 중얼거려 보았습니다.

그런데 시험이 끝나기 직전 '주'까지 가자 신기하게 '주자학'이라는 말이 저절로 입 밖으로 튀어나왔다는 것입니다. 알고 있던 것을 깜박 잊는다는 것은, 대게 목구멍에는 걸려 있으면서 생각이 날 듯 말듯 감질 나는 경우가 대부분이기 때문에 처음 한 글자만 알면 쉽게 기억이 나는 경우가 흔합니다.

그런 의미에서 입속으로 중얼거리면서 목에 자극을 주는 이 방법은 나름대로 일리가 있습니다. 위의 경우, '주' 라는 음이 청각 기억으로서 두뇌의 어느 부분과 연결되어 있던 것이 틀림없습니다. 이 방법이 항상 성공하는 것은 아니지만, 도저히 방법이 없는 경우의 궁여지책으로서 한 번 시도해 볼 만한 가치는 있을 것입니다.

ONCE MORE 이 방법이 항상 성공하는 것은 아니지만 도저히 방법이 없을 때 한번 써보세요.

관련 사항은 큰 종이에 도표화 하면
재생이 용이하다

*시험*을 칠 때 아무리 해도 기억이 나지 않는 것이 있으면, 그 내용이 페이지의 어느 부분에 위치해 있었던가를 떠올려 공간적인 위치를 실마리로 해서 기억을 되살리는 것이 좋은 방법이라고 앞에서 이미 소개했습니다.

이 원리를 이용해서, 책을 이리저리 넘기지 않아도 중요한 사항 전체가 한눈에 보일 수 있도록 큰 종이에 그 상호 관계를 시각적으로 그려보는 방법이 있습니다. 여러 가지 사항들을 수직 수평의 축을 중심으로 사선, 곡선 등으로 연결한 다음 색깔별로 구분해 놓습니다. 이 방법은 설계사들이 작성하는 정교한 플로 차트와 기본적으로 동일합니다.

그리고 이 종이를 벽에 붙이거나 방바닥에 펴놓고 이미지화하면서 뇌 속에 직접 새기듯이 기억합니다. 다음에는 눈을 감고 전체의 형태가 떠오르는지 확인합니다. 눈을 감아도 그 종이 전체가 확연하게 보일 수 있도록 이 과정을 반복합니다. 이 과정이 되면 정보를 완벽하게 공간화 시켜 정리하는 데 성공한 것입니다. 이렇게 암기해두면 즐겁고 가벼운 마음으로 시험장에 들어설 수 있을 것입니다.

깜박 잊었을 때는 전체의 형태를
떠올려 본다

콜롬버스가 아메리카 대륙에 도착했던 1492년이라는 연도를 외우려고 할 때는 보통 그 숫자에 콜롬버스나 아메리카 대륙이라는 이미지를 관련시킵니다. 이것은 일종의 기억법 원리로서, 기억 대상의 내용과 상황을 반드시 결부시켜 암기해야 한다는 것입니다.

한꺼번에 많은 것을 암기해야만 하는 경우에는, 나중에 재생할 때 각 기억 내용들이 서로 겹쳐 실제로 기억해 내야 할 기억이 다른 기억에 억압당해, '알고 있는데도 기억이 나지 않는' 상태에 빠지는 일이 있습니다.

이럴 때 가장 좋은 방법은, 기억 내용이 어떤 '형태' 였는가 하는 패턴부터 공략하는 것입니다. 예를 들어 조선의 10대 임금이 성종이었는지 연산군 이었는지를 잊었을 때는 의미 관련의 기억법은 일단 제쳐두고 '형태' 부터 생각해 보는 것입니다.

"이름이 두 자가 아니고 길었던 것 같다."는 점이 생각나면, 성종보다는 한 자가 더 많은 연산군이 정답이라는 판단이 서게 될 것입니다. 형태를 눈에 새겨 넣는 듯한 기분으로 암기를 하면 이처럼 다급할 때 의외의 효과를 볼 수 있습니다.

수나 문자는 그 의미 이전에 하나의 기호로서 기하학적인 형태를 갖고 있습니다. 어린아이가 문자에 흥미를 가지기 시작할 때를 생각해 봅시다. 어린 아이들은 글자의 의미보다는 그 형태에 먼저 관심을 가지게 됩니다.

만 한 살 정도부터 삼각형과 사각형에 관심을 보이기 시작해, 다음으로 숫자 '1, 2, 3'을 '형태'로 기억하기 시작합니다. 아기들이 손가락을 꼽으면서 '하나, 둘, 셋' 하고 의미를 인식하는 방법으로 숫자를 배우는 것이 아니라는 점을 보아도 패턴 인식이 우선한다는 것을 알 수 있습니다.

'형태'부터 익히는 것은, 인간의 감각 발달 과정에서 보면 극히 초기에 해당하는 방법입니다. 그러나 이 방법은 기억 내용을 두뇌의 보다 깊은 부분에 보관하기 때문에 쉽게 잊혀지지 않는 장점도 있습니다.

예를 들어 중학교 1학년이 배우는 영어에서 little이라는 단어를 rittre라고 쓰는 학생은 거의 없을 것입니다. 이것은 첫 자가 r보다 긴 l이라는 것과, 중간에 t가 l과 붙어 있는 것이 '형태'로서 각인 되어 있기 때문입니다. 한 자 한 자의 문자로서가 아니라 전체적인 패턴이 기억되어 있기 때문에 결코 틀리는 일이 없는 것입니다.

254

연상 사슬의 교차점을 찾으면 잊었던 기억이 되살아난다

앞에서, 기억을 확실하게 만들기 위해서는 하나의 방법이 아니라 여러 종류의 기억법으로 암기하는 것이 중요하다고 말한 바 있습니다. 확실한 기억이란, 다시 말하면 재생하기 쉬운 기억이란 말과 마찬가지 입니다. 가령 깜박 잊었다든지 기억이 애매할 경우에는, 암기할 때 사용한 기억법을 거꾸로 더듬어 감으로써 묻혀 있던 기억을 발굴할 수 있습니다.

즉, 되살려내야 할 기억 내용이 대충 어느 위치에 있는가를 짐작하고 그 주변에서 여러 각도로 관련사항의 '연상 사슬'을 치는 것입니다. 원래 한 가지 기억은 그것만으로 독립해서 존재하는 것이 아니라, 지금 설명한 것처럼 다방면으로 연결된 '연상 사슬'로 짜여진 그물로서 머릿속에 정리되어 있습니다. 따라서 하나의 '연상 사슬'과 또 다른 '연상 사슬'을 더듬어 그 교차점을 찾으면 숨겨져 있던 기억이 발견되는 것입니다.

예를 들어 영어 문제 중에 salmon(연어)이라는 단어가 나왔는데 그 복수형이 -s가 붙어 있다고 합시다. 좀 이상하다는 생각은 들지만 확실히 기억이 나지 않습니다. 이럴 때는 다음과 같이 '연상 사슬'을 쳐봅시다.

'영어에서 단수, 복수 동형인 것과 복수형이 없는 것은 무엇인가?→불가산 명사는 복수형이 없다→불가산 명사란 추상적이거나 군집을 이루는 명사다→물고기는 무리를 이루는 일이 많다」는 점을 생각하고, 다른 한편으로는 '그럼 다른 물고기는 어떤가?→trout(송어) 역시 복수형이 없다→송어나 연어나 마찬가지 아닐까?→그렇구나. 물고기는 군집 명사이니까 복수형이 없다고 배운 것이 이제 생각난다.'

이런 식으로 '연상 사슬'을 이어나가면 어느 곳에선가 여러 가닥의 사슬이 만나는 점이 생깁니다. 이 교차점을 찾기만 하면 정확한 기억을 되살리는 것은 식은 죽 먹기입니다.

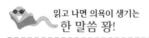

읽고 나면 의욕이 생기는
한 말씀 꽝!

- -

은혜를 베푼 자는 그것을 감추고 은혜를 입은 자는 그것을 밝히라.

-세네카

기발한 연상을 동원해 암기한 지식은
쉽게 잊혀지지 않는다

인간의 뇌세포 수는 약 140억 개에 달한다고 합니다. 그러므로 기억할 수 있는 지식의 양은 무한정하다고 생각됩니다만, 실제로는 어느 정도에 이르면 두뇌는 과중한 업무량에 파업을 일으킵니다. 더 이상 기억을 받아들이기에는 지쳤다는 두뇌에게 더 많은 작업을 시키기 위해서는 어떻게 해야 하겠습니까?

기름기 많은 음식을 먹어 배가 부를 때도 신선한 과일은 후식으로 먹을 수 있는 것처럼, 지식을 날것으로 먹어 식중독을 일으키지 않고 기발한 연상 법으로 요리한 다음 소화시키는 방법도 있습니다.

오래 사용해 낡은 책일수록 기억의 실마리가 풍부하다

"고서(古書)의 손때는 천금의 가치가 있다."는 글을 어느 고서점 입구에서 본 적이 있습니다. 고서까지 언급할 필요 없이 사전이나 참고서도 사용하다 보면 손때가 묻어, 그 손때를 보는 것만으로도 "아, 이 부분에는 무슨 내용이 있었지." 하는 짐작이 가는 경우가 있습니다. 커피 얼룩이 든 부분은 부정사, 잉크 자국이 있는 부분은 전치사, 이처럼 손때가 많이 묻을수록 기억의 실마리가 늘게 됩니다.

그러므로 형편없이 너덜너덜한 상태가 아니라면 손때 묻은 책이나 사전은 새것으로 바꾸지 않는 게 현명합니다.

사진이나 삽화는 기억의 훌륭한
실마리가 된다

교과서나 참고서는 곳곳에 사진이나 삽화가 들어 있습니다. 이것을 단순한 장식이나 참고 자료 정도로밖에 생각하지 않는다면 안타깝기 그지없습니다.

앞에서도 언급한 것처럼, 사진이나 삽화를 잘 이용하면 훌륭한 기억의 실마리를 만들 수 있습니다. 저는 예전에 여행 가이드북을 보면서 그 책에 나오는 자동차가 왠지 오래된 모델 같아서 조사해 보았더니 그책의 모든 자료가 오래되어서 쓸모없다는 것을 알게 된 적이 있습니다.

공부를 할 때도 인물 사진을 보면서 마르틴 루터와 토마스 크롬웰이 비슷한 복장을 하고 있다는 점에 주의하면, 그들이 동시대의 인물이라는 것을 보다 확실히 알 수 있게 됩니다.

또 루이 16세, 15세, 14세의 비슷한 사진이 나와 있다면, 사진을 보면서 역사적 사실을 연상하고 이해력을 높일 수 있습니다.

'루이 16세는 의외로 심약한 얼굴을 하고 있구나. 심약한 만큼 역사의 흐름에 휩쓸려, 여기 설명되어 있는 것처럼 기요틴에 의해 목숨을 잃게 되었는지도 모르겠다. 루이 15세는 어떤가, 이 사람은 왠지 바제도 병(전신이 마르고 갑상선이 붓고 눈알이 튀어나오는 병)에 걸린 것 같은 얼굴을 하고 있다. 루이 14세와는 달리 정치를 혐오하는 소심한 사람이었다고 한다. 루이 14세도 불쌍하다. 후손들에게 정치 능력이 없어서, 영화의 극을 달리던 부르봉 왕조가 프랑스 혁명에 의해 타도되고 말았구나.'

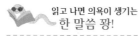

읽고 나면 의욕이 생기는
한 말씀 꽝!

인생을 소신껏 살 수 있는 것이야말로 단 하나의 성공이다.

-크리스토퍼 몰리

중요한 것은 빨간 펜으로 크게 써두면 인상에 오래 남는다

수험생들의 교과서나 참고서를 보면 빨간 줄이 가득 그어져 있는 경우가 많습니다. 중요한 곳을 강조하기 위해서일 것입니다. 이처럼 빨간 펜으로 밑줄을 가득 그어놓으면서도 빨간 펜으로 글을 쓰거나 그림을 그리면서 공부하는 모습은 보기가 힘듭니다. 물론 앞에서도 설명한 것처럼, 꼭 빨간 펜이 아니더라도 쓰는 동작 자체가 기억을 돕는 것은 심리학적으로도 확실합니다. 하지만 그 중에서도 특히 주요한 것을 다른 것들과 구별해서 기억하기 위해서는 빨간색으로 크게 써놓는 것이 좋은 방법입니다. 이렇게 강한 인상을 통해 암기한 것은 재생하기도 쉽습니다.

장애아 교육으로 유명한 미국의 글랜 도어먼 박사는, 아이들에게 글을 가르칠 때 먼저 친숙한 대상, 즉 엄마나 아빠 같은 단어를 빨간색으로 크게 쓰는 방법을 사용한다고 합니다.

그 다음으로 신체 일부를 나타내는 말인 눈, 귀, 입 등은 조금 작은 글씨로, 또 다음으로는 주변에서 쉽게 볼 수 있는 물건들의 명칭을 검은 글씨로 쓰게 하는 단계별 학습법으로 장애아들을 지도합니다. 또한, 검은 펜을 빨간 펜으로 바꾸는 동작 자체에 지금 하고 있는 부분이 중요하다고 자기 암시를 할 수 있는 효과가 있다는 점도 무시할 수 없습니다.

아는 것이라도 체크해 두면 기억이 더욱 정확해진다

"인간의 기억만큼 불확실한 것은 없다."는 말이 있습니다. 그 전형적인 예가 사고 현장 목격자들의 증언입니다. 사고 후 몇 시간밖에 지나지 않았는데도, "보행자가 빨간 신호에서 건너가고 있을 때 푸른색 트럭이 달려와 그 사람을 치고는 뺑소니쳤다."고 증언하는 목격자가 있는가 하면, "보행자는 빨간 신호에서 건너고 있었다. 그 사람을 친 차도 푸른색이 아니라 녹색이었다."고 주장하는 목격자도 있습니다. 나중에 조사해 보면 한 부분의 기억은 정확해도 다른 부분의 기억은 불확실한 경우가 많습니다.

이처럼 인간은 자신의 기억에 모두 확신을 가지고 있지만 자세한 부분까지 추궁 받으면 기억이 흐지부지해지는 경우가 많습니다. 이런 기억의 불확실성은 직관이나 선입관에 의해 일어나는데, 부정확한 기억이 사건을 장기화 시키거나 미궁에 빠뜨리는 케이스가 적지 않다고 합니다. 증인이 전혀 없는 편이 오히려 편하다고 한탄하는 경찰도 있을 정도라고 합니다. 공부에서도 부정확하게 기억하느니 보다는 오히려 전혀 모르는 게 나은 경우도 있습니다.

가령, "우리 집은 좁다."라는 말을 영어로 표현한다고 해봅시다. 영어를 배웠다는 사람 중에도 "My house is narrow."라고 태연하게 말하는 사람이 있습니다. 이것을 들은 외국인이 "그렇게 집이 좁으면 잠은 서서 잡니까?" 하고 물었다는 우스개도 있습니다. "My house is small." 이라고 표현해야 뜻이 통합니다. narrow는 '폭이 좁다' 는 뜻이기 때문입니다.

이것은 영어를 잘 한다 못한다는 차원 이전에, 단어를 정확하게 이해하지 못했다는 점에 문제가 있습니다. 이런 위험을 피하기 위해서도 한 번 암기한 것은 그 내용이 정확한지 항상 체크하는 습관이 중요합니다. 이 체크를 게을리 하면 잘못된 기억이 강화되고 계속 같은 실수를 반복하게 됩니다. 정확성에 자신이 없으면 아는 것이라도 항상 다시 점검해 보는 자세가 필요합니다.

과학적인 기억법으로 암기하면 시간이
흘러도 잊혀지지 않는다

기억은 경험이 신체의 여러 부분에 남기는 흔적에 의해 일어나는 현상이라고 정의하는 사람이 있습니다. 이 흔적이 두뇌에 과학적인 '흔적' 을 만드는지에 대해서는 아직 정확히 밝혀지지 않았지만 해부학, 생화학, 생리학 입장에서 연구가 계속되고 있습니다. 기억 흔적이 '실제' 라는 것이 밝혀진다면 두뇌를 좋게 하는 약이나 수술이 가능해질지도 모를 일입니다.

현재로서는 기억 흔적이라는 것의 존재는 아직 추정 단계를 벗어나지 못하고 있습니다. 하지만 심리학에서는 다양한 실험을 통해 기억의 메커니즘이 상당히 밝혀지고 있습니다. 반대로 겨우 몇 분전에 외운 것을 잊어버리고 마는 일도 그리 드물지 않습니다.

결국 기억 흔적이 약해지고, 변화하고, 혼란을 일으키는 것을 기억시의 조건이나 기억 대상, 기억 내용에 의한 것입니다. 그러므로 처음

265

부터 이런 위험을 방지하고 기억 흔적을 오래 보존할 수 있는 기억법을 사용한다면 강한 기억을 만들 수 있습니다.

　기억에는 어떤 종류의 법칙성이 있다고 인정되고 있습니다. 지금까지 그것들을 여러 가지 각도에서 검토해 왔습니다. 이 과학적인 법칙성을 정확하게 이해하면 여러분의 공부를 과학적으로 운영할 수 있는 길이 열릴 것입니다.

시험에서 한 번 틀린 문제는 확실하게
자기 것으로 만든다

시험이란 "어느 정도 이해하고 있는가?"를 묻는 동시에 "어느 정도 모르고 있는가?"를 알기 위한 수단이라고 생각합니다. 시험은 평소의 공부로는 판단할 수 없는 결점이나 실수를 객관적으로 지적해 주는 것이기 때문에, 점수보다 사후 처리가 중요하다는 점은 두말할 필요도 없습니다. 그런데 틀린 곳을 철저하게 체크하고 정확한 답을 확인하는 것은 누구에게나 유쾌한 일이 아니기 때문인지, 많은 경우에 이 작업이 등한시되고 있습니다.

이런 현상을 방지하기 위해 시험에서 틀린 것은 의무적으로 기록하는 것도 좋은 방법입니다. 예를 들어, 시험 문제에서 틀린 부분만 뽑아내어 과목별로 스크랩을 하는 것입니다. 또는 '오답 전용 노트'를 만들어 왼쪽 페이지에는 오답을 쓰고 오른쪽 페이지에는 정답을 기록해서 시간 날 때마다 들여다보는 것도 효과적입니다. 틀린 문제는 결국 기억이 가장 취약한 부분이 공격당한다는 것과 마찬가지이기 때문에, 이것을 잊지 않고 메워주면 두 번 다시 똑같은 실수를 반복하지 않을 수 있습니다.

골프에서도 같은 코스를 여러 번 라운딩하면 성적이 점차 좋아진다고 합니다. 이것도 앞에 범한 미스가 점차 기억 속에 각인되어 같은 미스를 범하지 않도록 신중해지기 때문입니다. 골프를 좋아하는 제 친구 한 명은 성적이 나쁜 날은 스코어 카드를 신중하게 점검해서 미스의 원인을 찾는다고 합니다. 그래서 다음 시합에서는 지난번 성적이 거짓인 것처럼 좋은 스코어를 낸다고 합니다.

성적이 나쁜 답안지를 점검해서 그것을 기록해 두는 작업은 자기를 채찍질하는 것이기 때문에 무척 고통스럽습니다. 그러나 어디에 모자라는 점이 있는지를 반성하고 약점을 강화해 두면, 오히려 나중에는 그 부분이 가장 강해지는 경우도 있습니다. 이렇게 취약 과목을 정복해 감에 따라서 자신감도 높아지고 다른 과목에도 좋은 영향을 줄 수 있습니다. 일시적인 불쾌감을 피하려 하다가는 나중에 그것이 훨씬 큰 고통으로 되돌아온다는 것을 명심하십시오.

읽고 나면 의욕이 생기는
한 말씀 꽝!

미련한 자의 마음은 그의 입속에 있지만 현명한 자의 입은 그의 마음속에 있다.

-벤자민 프랭클린

손짓, 몸짓을 섞어 암기하면
기억이 선명해진다

"눈이 입보다 많은 것을 말해준다."는 속담이 있습니다. 익숙하지 않은 영어 회화를 할 때는 손짓, 몸짓이 입보다 더 많은 역할을 하는 경우가 있습니다. 원래 인간의 진화 과정에 있어서 손은 의사 전달의 수단으로서 입보다 먼저 사용되었기 때문에, 손이 입보다 더 많은 것을 표현한다고 해도 별로 이상할 것이 없습니다.

이것은 기억에 있어서도 마찬가지입니다. 책상 앞에 앉아 지루하게 책을 읽기만 할 것이 아니라, 일어서서 방안을 걸어 다니면서 손을 흔들고, 머리를 끄덕이고, 몸으로 표현하는 행동을 통해 보다 효과적이고 선명한 기억을 얻을 수 있습니다.

답답할 때 머리를 두드리는 것도
기억을 되살리는 훌륭한 수단이 된다

*계통*을 세워 암기하려 해도 기억 대상이 부지불식간에 스스로 움직이면서 엉뚱한 것들과 연결되어 버리는 경우가 있습니다. 이렇게 잘못 기억된 것은 재생하기도 힘들고, 두뇌가 정보를 마음대로 처리해 버려 자기가 처음에 의도하지 않았던 이상한 기억이 생성되기도 합니다. 인간의 두뇌는 거대한 파일 캐비닛이기도 하면서 엉망진창인 장난감 상자 같기도 합니다. 그 속에는 깨끗하게 정리된 지식과 너저분하게 쌓여 있는 지식이 함께 들어 있습니다.

특히 기억의 실마리를 잡을 수 없는 기억은 장난감 상자 속에 섞여 있을 가능성이 많기 때문에, 이럴 경우에는 일부러 두뇌에 충격을 주어 강제적으로 기억을 끌어내는 방법이 있습니다. 예를 들어, 머리를 두드려 물리적으로 자극을 주거나, 공부와는 전혀 관계가 없는 퍼즐을 푸는 등 뇌세포에 강한 자극을 주는 행동을 해보는 것입니다.

조금 거친 방법이긴 하지만, 평범한 수단으로 해결이 안 될 때 시도해 볼 만한 가치는 있습니다. 이럴 때의 기억은 자기가 생각하지 못한 엉뚱한 장소에 연결되어 있기 때문에, 예상치 못한 곳에서 발견되는 경우도 충분히 있을 수 있는 것입니다.